Jenseits von Rosenheim

Hannsdieter Loy war Amateurboxer, Jetpilot, Kommandeur in einem Kampfgeschwader und Direktor in der Industrieversicherung, bevor er sich ganz der Leidenschaft widmete, die ihn schon immer begleitet hatte: dem Schreiben. HDL lebt dort, wo es zuverlässig Bluttaten gibt: im Rosenheim-Cops-Land.

HANNSDIETER LOY

Jenseits von Rosenheim

OBERBAYERN KRIMI

emons:

Bibliografische Information der Deutschen Nationalbibliothek
Die Deutsche Nationalbibliothek verzeichnet diese Publikation in der Deutschen Nationalbibliografie; detaillierte bibliografische Daten sind im Internet über http://dnb.d-nb.de abrufbar.

MIX
Papier aus verantwortungsvollen Quellen
FSC® C083411

Umschlagmotiv: foottoo/Depositphotos.com
Umschlaggestaltung: Nina Schäfer, Tobias Doetsch
Gestaltung Innenteil: César Satz & Grafik GmbH, Köln
Druck und Bindung: CPI – Clausen & Bosse, Leck
Printed in Germany 2017
ISBN 978-3-7408-0192-2
Oberbayern Krimi
Originalausgabe

Der Abdruck des Stadtplans auf Seite 6 erfolgt mit freundlicher Genehmigung des Kartografischen Verlags Huber & Steuerer, Kiefersfelden.

Happiness is like a butterfly:
the more you chase it, the more it will elude you;
but if you turn your attention to other things,
it will come and sit softly on your shoulder.

vermutlich Henry David Thoreau (1817–1862),
übermittelt von G. K.

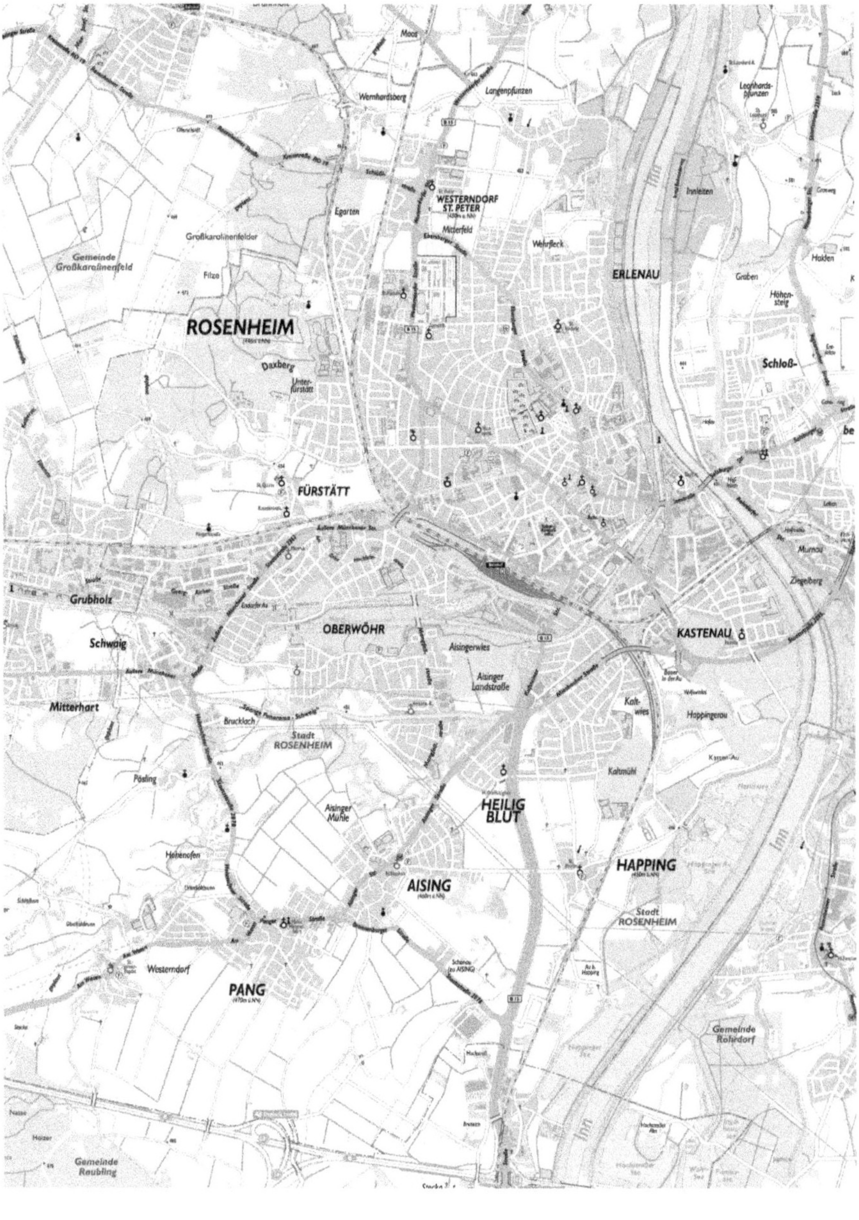
ROSENHEIM
Gemeinde Großkarolinenfeld
Großkarolinenfelder
Filze
Daxberg
Unter-fürstätt
FÜRSTÄTT
Grubholz
Schwaig
Mitterhart
Moos
Wernhardsberg
Langenpfunzen
WESTERNDORF ST. PETER
Egarten
Mitterfeld
Wehrfleck
ERLENAU
Innleiten
Leonhards-pfunzen
Haiden
Graben
Höhen-steig
Schloß-
OBERWÖHR
Aisingerwies
Aisinger Landstraße
Brucklach
Stadt ROSENHEIM
KASTENAU
Kalt-wies
Happingerau
Murnau
Ziegelberg
Kaltmühl
HEILIG BLUT
Pösling
Aisinger Mühle
Hohenofen
AISING
HAPPING
Stadt ROSENHEIM
Westerndorf
PANG
Gemeinde Rohrdorf
Holzer
Gemeinde Raubling
Inn

Viele Jahre zuvor

Die Leiche lag in einem tiefen Abgrund, der steiler war als eine Senke, von formlosen Steinen umgeben, als hätte man damit den toten Körper beworfen. Die Kleidungsstücke des Kinds waren mit einer Raureifschicht bedeckt. Die bizarre Haltung ließ auf einen schnellen Tod schließen. Arme und Beine standen auf eine unnatürliche Art vom Körper ab, die Knochen mussten mehrfach gebrochen sein. Hose und Pullover waren zerrissen, zerfetzt, ebenso die Haut und das Fleisch an den Knien, den Schultern und der Brust. Die linke Seite des Kopfes war zertrümmert. Die sturmumtosten Felsen waren tückisch. Hoch aufragend, dreißig, vierzig Meter über Grund, steil abfallend, wild geschachtelt und dramatisch zerfurcht, so porös und scharfkantig, dass schon ein Sturz aus geringer Höhe verheerend war.

Das Hervorstechende allerdings war die Tatsache, dass es sich bei dem kleinen Schorschi um den Sohn des damaligen Chefs der Münchener Mordkommission handelte.

Sein Schorschi. Die Rotspitz. Zwei Namen, die sich unauslöschlich in Josef Ottakrings Hirn eingebrannt hatten. Der eine war sein neunjähriger Sohn, der andere der vieltausendjährige Berg, den er mit ihm besteigen wollte. Die Rotspitzbegehung galt immer als zwar anstrengende, doch ungefährliche Wanderung. Wenn da nicht dieses tückische Schotterfeld gewesen wäre.

Sie waren erst mittags aufgebrochen, weil Johanna, Ottakrings damalige, erste Ehefrau, unbedingt noch in der Früh mit ihnen einkaufen gehen wollte. Johanna hatte etwas dagegen, dass ihr Mann mit ihrer beider einzigem Sohn auf den Berg gehen wollte. Doch vom Schorschi kam heftiger Widerstand, und Josef konnte sich mit seiner Hilfe gewaltlos durchsetzen.

Um halb zwei marschierten sie vom Parkplatz aus los. Feidlerhütte, Hirschalm, Antoniuskircherl, an den Schrofenwänden entlang, Aufstieg durch Hochwald zum Gipfel auf achtzehnhundert Meter.

»Papa, ich hab Durst!«

Schorschis Flehen kam so sicher wie das Amen nach dem Gebet. Der Papa hatte eine Riesenflasche Wasser dabei, doch der Bub pflegte seinen Durst immer bis zur ersten Jausenstation aufzuheben. Klaglos besorgte Josef den obligatorischen Almdudler für seinen Sohn. Schorschi trank die Flasche in zwei Zügen leer.

»Ahhhh, fertig! So, jetzt können wir wieder gehen. Abmarsch, Papa!«

Mit einem dicken Schmunzeln nahm der Vater seinen Sohn in den Arm und band ihm die Schnürsenkel fest. Wegen der modernen Klett-, Zieh- und Dehnverschlüsse an den Schuhen konnte die Jugend keine Schleifen mehr binden.

Der Schorschi strotzte nur so vor Unternehmenslust, und der Papa hatte seine reine Freude an ihm. Am Gipfelkreuz hielten sie sich nicht lange auf, sie wollten unten sein, bevor es dunkel wurde.

Bergab wählten die beiden einen anderen Weg als bergauf. Er führte über fette Almen, vorbei an vereinzelten Felsblöcken und schräg zu einem Schotterfeld, das so breit war, dass man es weithin sogar vom Tal aus erkennen konnte. Josef Ottakring ging voraus und hatte ein ständiges Auge nach hinten. Schorschi war ein sicherer Geher. Er hielt sich zuverlässig an den schmalen Pfad durchs halbhohe Gras, immer im Windschatten seines Vaters. Ein kleiner Bergsee, umgeben von Büschen und jungen Trauerweiden, verführte die Männer zu einem lauten Juchzer, der vom Berg zurückgeworfen wurde. Nach einer Weile probierte Schorschi den Effekt erneut, doch diesmal blieb das Echo aus. Auf dem See hatte sich in einer Ecke eine leichte Eisschicht gebildet.

Vor dem Schotterfeld wechselten sie die Position. Ottakring bereute nun, kein Seil mitgeführt zu haben, um den Jungen an sich zu binden und zu sichern. Der Hang war steiler, als er ihn in Erinnerung hatte. Die Sonne hatte den Reif auf den Steinen weggeschmolzen.

»Kommst du zurecht?«, fragte er leise, als er Schorschi nach vorn schob.

Der Bub schaute ihn an, als wollte er sagen: Hey Alter, was denkst du von mir?

Beide mussten grinsen.

Ottakring war erleichtert. Sein Sohn ging in Reichweite vor ihm. Vor ihnen senkte sich das Schotterfeld bis ins nächste Tal, stieg weiter drüben wieder an und leuchtete blendend weiß in der Sonne. Auf der anderen Seite, im Südwesten, wurden die Farben matt, und in der Ferne verschmolzen Wald und Berge mit dem blassen blauen Himmel. Genau über ihnen kreiste ein Habicht. Er stieß hohe, klagend pfeifende Laute aus.

»Schau mal, genau über uns fliegt ein Habicht«, machte er Schorschi aufmerksam.

Schorschi blickte nach oben. Als würde der Vogel es merken, klappte er die Schwingen zusammen und stürzte herunter, genau auf die Menschen zu. Schutzsuchend warf Schorschi die Arme nach oben. Er wedelte in der Luft herum und rief mit gellender Stimme: »Geh weg! Geh weg!«

Ottakring machte zwei Schritte, um seinen Sohn in den Arm zu nehmen. Doch Schorschi stürzte. Er verlor an dem steilen Hang das Gleichgewicht, fiel hin und rutschte nach unten weg.

»Papaaa! Papiii!«, kreischte er schrill. »Hilf mir!«

Das wollte der Papa auch. Als er das Unglück kommen sah, war er sofort nach vorn gesprungen und wollte den Buben festhalten. Doch es war zu spät, Schorschi segelte unter seinen Armen hindurch. Unter markerschütterndem Rufen rutschte, glitt und schlitterte Schorschi immer weiter nach unten. Erst jetzt erkannte Ottakring, dass der Steilhang nicht bis ins Tal reichte, sondern, ähnlich einem Steinbruch, vorher in einem Abhang endete. Ottakring hätte gern sein Leben aufs Spiel gesetzt, um seinen Schorschi zu retten. Doch zu versuchen, dem Buben hinterherzurutschen, wäre unsinnig gewesen. Er hätte ihn nicht erreicht.

So musste der Vater mit vor Schreck geweiteten Augen miterleben, wie sein einziger Sohn gellend schrie und schrie und dem sicheren Tod entgegenschlitterte.

Nach Schorschis Absturz saß Ottakring am Boden, stützte die Ellbogen auf die Knie, hielt das Gesicht in beiden Händen und weinte. Die Sonne brach durch die Wolkendecke und ließ das Schotterfeld gleißend leuchten. Als schickte es sich an, weiß zu glühen und in Stücke zu zerspringen. Ottakring blickte nach oben, als die Sonne wieder hinter den Wolken verschwand und der Habicht höher und höher stieg. Er flog eine weite Kurve und stürzte mit jammernden Lauten in die Tiefe. Dorthin, wo das Schotterfeld beinahe senkrecht abstürzte.

Ottakring erholte sich davon nie mehr. Er gab sich selbst die Schuld an dem Unglück, seine Frau bezichtigte ihn der schweren Fahrlässigkeit, und er hatte lebenslang an dieser Last zu tragen. Schorschis Tod war der Auslöser für die spätere Scheidung gewesen, und er war die Ursache dafür, dass Josef Ottakring auch jetzt noch, viele Jahre später, nicht mehr ohne Schwindelgefühle in einen Abgrund blicken konnte.

1

Nach dem Besuch am Grab seines Sohnes am Rosenheimer Friedhof fuhr Josef Ottakring direkt zum Bahnhof, um Graumann abzuholen. Die Hündin war selbstverständlich mit dabei, wie immer und überall. Frau Huber war von Ottakring nicht mehr wegzudenken, sie waren ein Team.

Hans-Joachim Graumann hatte ihn um dieses Treffen gebeten. Ottakring wusste nur vage, worum es ging, es war etwas wegen Graumanns Sohn und dessen Frau. Auch hatte er nur eingewilligt, weil er und Graumann enge Schulfreunde gewesen waren; sie hatten mehrere Jahre nebeneinandergesessen und sogar die Tanzstunden zusammen absolviert.

»Ich hab dir vorsorglich ein Zimmer besorgt, du möchtest doch sicher übernachten?« Ottakring sah Graumann fragend an.

Der, ein Mann in Ottakrings Alter, eineinhalb Köpfe größer und breit wie ein Schrank, legte seinem Schulfreund den Arm um die Schulter. »Ja, gern. Morgen reise ich hoffentlich wieder ab. Wo können wir uns unterhalten? Mir liegt das sehr am Herzen.«

Er nahm den Arm von Ottakrings Schulter, ging in die Knie und wandte sich dem Hund zu. »Was ist das denn für ein Bär?«, fragte er zärtlich. »Man sieht die Augen ja nicht vor lauter Haarvorhang.«

Die Hündin machte zögernd einen Schritt auf ihn zu.

Ottakring schmunzelte. »Eine Bobtailhündin. Sie heißt Frau Huber.«

»Frau Huber?« Graumann erhob sich und lachte laut. »Wie kommst du auf so einen Namen?«

Ottakring erklärte es ihm. Schon früher habe er längere Zeit einen Hund gehabt, einen Schweizer Senn namens »Herr

Huber«, der eines unnatürlichen Todes gestorben war. Details verschwieg er. »Na ja, und von ›Herrn Huber‹ zu ›Frau Huber‹ ist's nicht weit. Das hat sich angeboten.«

Sie waren ein paar Schritte gegangen. Ottakring dehnte und schüttelte sich. Er überlegte kurz. »Ich denke, wir gehen in den Mangfallpark. Der liegt direkt am Fluss, man hat herrliche Blicke auf die Mangfall, den Inn und die Alpen. Und er ist weitläufig, man ist dort fast allein. Danach zeig ich dir mein Haus. Wenn wir Glück haben, kommt meine Frau heute schon früher heim. Dann lernst du Lola auch kennen.«

»Perfekt! Danke, dass du dir so viele Gedanken gemacht hast, Joe. Wollen wir gleich los? Ich hab nach der Zugfahrt richtig Lust, mir die Beine ein wenig zu vertreten.«

»Es ist wirklich schön hier. War das schon immer so?«

Ottakring lachte. »Nein. Wir haben dieses Erholungsgelände der Landesgartenschau 2010 zu verdanken. Damals stand hier das reinste Blumenmeer. Komm, dort drüben am Fluss ist eine Bank. Wir setzen uns, und du erzählst mir, was genau du auf dem Herzen hast.«

Angedeutet hatte es Graumann schon. Er hatte vor drei Tagen angerufen. Seine Schwiegertochter sei irgendwie verhext, hatte Ottakring verstanden. Von bösen Geistern befallen oder so ähnlich, und er, Ottakring, könne da helfen. Aha. Er war gespannt. Als Exorzist wollte er schon immer mal arbeiten.

Sie saßen nebeneinander unter einer hohen, prächtigen Linde neben einem alten Mühlrad. Das Wasser rauschte an ihnen vorbei, die Sonne spiegelte sich, es war wie im Märchen. Frau Huber hatte den Kopf auf die Vorderpfoten gelegt und wirkte entspannt.

»Es geht um meinen Sohn«, begann Graumann. Dann verbesserte er sich. »Falsch. Um Fred geht es gar nicht. Vielmehr um seine Frau, sie heißt Lydia, geborene Eichbaum. Die beiden leben in Rosenheim. Für meine Begriffe steht Lydia im Bann ihres Urgroßvaters. Lach mich jetzt nicht aus, mein Freund, denn Aaron Eichbaum ist lange tot. Die Eichbaums sind eine alte Rosenheimer Familie, Aaron war im letzten und vorletzten Jahrhundert ein bekannter und wohlhabender Kaufmann in der Stadt.«

Ottakring nickte heftig. Graumann hielt inne und sah ihn mit großen Augen an.

»Kennst du das Städtische Museum im Mittertor?«, fragte Ottakring. »Hängt da nicht ein Porträt von einem Eichbaum? Meinst du den?«

»Und ob ich das kenne! Ja, dort hängt ein altes Porträtfoto von ihm mit seiner Frau. Er hatte sich um die Stadt verdient gemacht, er bekam sogar die Bürgermedaille verliehen. Das war, bevor er ziemlich bald nach Beginn des Zweiten Weltkriegs in einem Konzentrationslager der Nazis verschwand. Niemand hörte je wieder etwas von ihm.«

»Das heißt, er blieb verschwunden?«

»Ja. Irgendwann wurde er dann für tot erklärt. Es gibt auch ein Grab von ihm am Rosenheimer Friedhof.«

Ottakring machte eine zweifelnde Miene.

»Na ja, einen bedeutenden Gedenkstein. Mehr ein symbolisches Grab. Sie haben eine Familienstätte, die Eichbaums.«

Ottakring hielt sich die Hand vor den Mund. Ein kleiner Hustenanfall überfiel ihn. Er rutschte unruhig hin und her. »Ich verstehe. Und du willst mich jetzt für die Grabpflege engagieren?«

Als ob die Hündin ihn verstünde, blickte sie zu Ottakring auf und bellte ihn verhalten an.

Graumann schien ungehalten. »Ich finde, darüber macht man keine Witze«, knurrte er mühsam beherrscht.

Ottakring hob beide Hände und verneigte sich leicht.

Frau Huber wedelte mit dem Schwanz.

»Also, jedenfalls kann man sagen, dass ihr Urgroßvater es Lydia angetan hat. Sie besucht ihn häufig auf dem Friedhof und scheint etwas wie Befehle von ihm zu empfangen. So seltsam es klingt, sie scheint regelrecht auf ihn zu hören.«

Ottakring verstand. Er senkte den Kopf. »Und du willst, dass ich herausfinde, was es damit auf sich hat.«

»Genau. Ich bin auf dich zugekommen, weil wir uns Sorgen um Lydia machen. Mein Sohn und ich, wir fürchten, sie ist suizidgefährdet.«

Langsam hatte sich Ottakring erhoben. Er schaute hinauf zum Himmel, die dunklen Wolkengebilde waren nach allen Seiten zerstreut, das Blau setzte sich langsam wieder durch. Erste Sonnenflecken legten sich auf die Buchen und Linden über ihnen. Die Bäume schienen sich aufzurecken, alles atmete durch, drunten am Flussufer war ein Trupp Männer mit irgendwelchen Auf- oder Abräumarbeiten beschäftigt.

Der Hund schien nur darauf gewartet zu haben, wieder in Bewegung zu geraten. Freudig bellend umkreiste er die beiden Männer, dann fetzte er voraus. Ottakring war sicher, dass Frau Huber nicht außer Sichtweite geraten würde. Sie hatte viel zu viel Angst davor, ihn, ihren Herrn, zu verlieren.

»Soll ich dir das Grab zeigen?«, fragte Graumann. »Wir können gleich zum Friedhof fahren.«

Der Kriminalrat winkte ab. »Hab ich denn überhaupt schon zugesagt?« Es sollte nicht schnippisch klingen.

Tat es aber. Graumann blieb stehen und sah Ottakring in die Augen. Er schien etwas erwidern zu wollen, schwieg dann aber.

»Gib mir Zeit bis morgen«, beschwichtigte Ottakring. »Ich muss mich auch mit Lola beraten. Wir sind erst von einer Kreuzfahrt zurückgekehrt.«

***

»Na klar machst du das«, erklärte Lola Herrenhaus bestimmt. »Das kommt doch wie gerufen. Endlich mal etwas ohne Leichen und Action. Habt ihr schon übers Honorar gesprochen? Aus lauter Gaudi wirst du ja nicht arbeiten.«

Meine praktische Lola, dachte Ottakring. Er liebte ihre weiche, dunkle Stimme, die großen blauen Augen und die etwas zu dick geratene Stupsnase, in die sich so gut beißen ließ. Er und Lola saßen auf der Terrasse ihres Hauses im Inntal mit einem spektakulären Blick auf die Inntalberge und das Massiv des Wilden Kaisers. Wieder einmal freuten sie sich daran, wie hügelig die gesamte Region war, wie weit das Tal und wie zerklüftet der Kaiser. An den Fenstern im Obergeschoss flatterten blaue Vorhänge im Föhnwind. Es war außergewöhnlich warm.

Einem plötzlichen Entschluss folgend kramte Ottakring sein Handy hervor und drückte Graumanns Nummer, die er gespeichert hatte.

»Joe hier. Störe ich? Nein? Hör zu, ich habe mit Lola gesprochen. Also wenn es dir so wichtig ist, will ich dir helfen, kann natürlich nichts versprechen. Du musst mir etwas mehr über deine Lydia erzählen, auch über Fred möchte ich mir noch ein detailliertes Bild machen. Wollen wir uns morgen beim Flötzinger treffen? Sagen wir, gegen halb elf?«

»Flötzinger?«

Ottakring beschrieb ihm die Lage in Rosenheim. »Der Flötzinger« war ein weit über Rosenheims Grenzen hinaus bekanntes Wirtshaus mit einem begehrten Biergarten. Ohne Reservierung war dort kaum ein Platz zu bekommen. Doch für halb elf in der Früh ging Ottakring das Risiko ein, diesem Grundsatz zuwiderzuhandeln.

***

Ottakring behielt recht, nur drei, vier Tische waren besetzt. Er trank ein Weißbier und teilte sich mit Graumann eine Butterbrezn. Graumann hatte einen Cappuccino bestellt. Die

Fragen des Kriminalrats wurden beantwortet. Zum Beispiel die Frage nach Lydias Familie.

»Aaron Eichbaum war zu jener Zeit ein bedeutender Mann in der Stadt«, betonte Graumann noch einmal.

Ottakring nickte gelangweilt. »Und?«, fragte er nach.

»Und Lydia wuchs mehr bei den Großeltern als bei den Eltern auf. Dort wurde viel über Aaron gesprochen. So viel, dass Lydia ihren toten Urgroßvater schon als kleines Kind verehrte. Die Haushälterin im großväterlichen Haus war wie ein Kindermädchen für sie. Sie kochte für sie, machte ihre Wäsche, brachte sie später zur Schule.«

»Und diese Anhänglichkeit behielt sie zeitlebens bei?«, wollte Ottakring wissen.

»Richtig! Offenbar hat sie damals ihren Großvater restlos mit Aaron identifiziert. Sie begann, mit ihm zu sprechen, und hat ihn so genannt wie ihren Großvater: Opi. Und dieser Opi redete auch mit ihr. Mach mal dies, mach mal jenes. Geh hierhin oder dorthin. Aarons Wort war für sie Befehl. Ohne dass sie sich gezwungen fühlte.«

In Ottakring rumorte es. Die Zeit wurde lebendig in ihm. Er konnte sich die Situation gut vorstellen, sie war ihm nicht fremd, er selbst hatte Ähnliches erlebt. »Opi hat sie ihren Urgroßvater also genannt?«

Graumann musste lachen. »Opi« hat sie ihn gerufen, »Opi.« Er lehnte sich zurück und blickte seinem Schulfreund direkt in die Augen. »Sie nennt ihn noch heute Opi.« Bedeutungsvoll sah er den Kriminalrat an, als er fortfuhr. »Wenn sie mit ihm redet. Am Grab. Oder im Museum. Oder an seinem Haus. Dann spricht sie ihn noch heute mit Opi an.«

Ottakring nahm sich vor, diese Tatsache selbst zu überprüfen. »Was erwartet ihr nun von mir?«, wollte er wissen.

Der Wind wehte schwach durch die geöffneten Fenster ins Lokal, Graumann strich sich übers Haar. »Das ist leicht zu beantworten. Wie gesagt, mein Sohn und ich halten Lydia für suizidgefährdet, sie hat's schon zweimal versucht. Nun wirst du dich fragen, warum wir Lydia nicht zu einem Psychologen schicken. Die Antwort ist: Nicht ums Verrecken will sie den Gang zum Klapsdoktor machen, wie sie den Beruf bezeichnet. Ich kann's in gewisser Weise auch verstehen. Unser Wunsch ist es, dass du dich einfach ein bisserl um sie kümmerst, sie bewachst, soweit das möglich ist, und sie beschützt, wenn es nötig sein sollte.« Graumann wirkte müde und erschöpft. »Selbstverständlich«, fuhr er fort, »kannst du nicht vierundzwanzig Stunden um sie sein, das ist uns klar. Aber du bist ein erfahrener Kriminalist, ein Ass auf deinem Gebiet, mit einem Gespür für Gefahrensituationen, darauf möchten wir setzen.«

Er stand auf und ging ein paar Schritte auf und ab. Schließlich blieb er breitbeinig vor Ottakring stehen und blickte auf ihn hinab. Auf jeden anderen hätte er mit seiner Größe und Wucht bedrohlich, ja furchteinflößend gewirkt. »Mein Sohn hat momentan viel zu tun. Deshalb bitten wir dich, diesen Job für eine Weile zu übernehmen. Machst du mit?«

Die Antwort ließ nicht lange auf sich warten. Ottakring hatte längst alles geplant. Einen näheren Überblick würde er sich selbst verschaffen. Wenn er sehr ehrlich zu sich war, konnte er froh sein, solch einen Beschattungsauftrag in der Tasche zu haben. Lola hatte ihn darin bestärkt. Sie waren sich einig und schüttelten sich die Hand.

Als Ottakring den letzten Schluck Weißbier genommen hatte, läutete er schon zum Aufbruch. Er ließ es sich nicht nehmen, seinem Spezl eine kleine Führung durch die Innenstadt und Rosenheims Geschichte zu geben. Er untermalte seine Worte mit großem Stolz und hielt nicht mit zahlreichen Superlativen hinterm Berg. Graumann sprach kaum ein Wort. Er wirkte unkonzentriert.

»Was ist?«, bohrte Ottakring. »Was hast du? Dich bedrückt doch was.«

Graumann seufzte unverhohlen. Es entstand eine längere Pause. »Es ist wegen Lydia«, sagte er. Drei senkrechte Falten hatten sich über seiner Nasenwurzel gebildet. »Das Wichtigste habe ich dir noch nicht gesagt.« Dann schwieg er wieder.

»Ja?«, sagte Ottakring nach einer Weile. Er war unwirsch. Nachkarteln war etwas, das ihm völlig gegen den Strich ging. »Ich höre.«

»Lydia ist seit zwei Tagen verschwunden.«

Ottakring schluckte. Wofür hielt der Mann ihn?, fragte er sich. Und sagte laut: »Hans, ich war Chef der Mordkommission. Nicht der Vermisstenstelle. Die wird von einer Frau geleitet. Von einer sehr fähigen sogar.«

Im Weitergehen legte Graumann seinem Schulfreund eine Hand um die Schulter. »Versteh mich nicht falsch, Joe. Ich habe nicht um dieses Treffen gebeten, damit du meine Schwiegertochter suchst. Sie wird wieder auftauchen, und dann sollst du ihr folgen. Sie abschirmen. Du hast mich aber gefragt, was mir auf der Seele liegt. Es belastet mich halt, dass niemand weiß, wo sie momentan ist.«

Das ist alles etwas wirr, dachte Ottakring. Macht Graumann sich nun Sorgen um diese Lydia, weil sie suizidgefährdet ist, oder einfach, weil sie abgehauen ist und sich nicht abgemeldet hat?

Er war ein Mann der Tat. Wenn er sich einmal auf einen Fall oder ein Projekt eingelassen hatte, war er es gewohnt, die Ärmel hochzukrempeln und auf der Stelle zuzupacken. »Wurde schon eine Vermisstenanzeige aufgegeben?«, fragte er.

Er hatte den Eindruck, dass Graumann einen Augenblick zu zögern schien. Doch dann antwortete er mit einem klaren »Nein!«.

»Sicher?«, fragte Ottakring zurück.

»Ja. Ganz sicher.«

2

Am nächsten Tag reiste Hans Graumann in vollem Vertrauen auf seinen Schulfreund wieder ab. Sie hatten gemeinsam gefrühstückt und sich unterhalten, bevor Ottakring ihn zum Bahnhof brachte. Ottakring konnte das eine oder andere Detail klären, andere wollte er lieber selbst ermitteln.

Sie waren sich einig: Selbst wenn es eine Vermisstenanzeige gegeben hätte, wäre sie nicht bearbeitet worden. Die Dienstvorschrift sagte, dass eine Person dann als vermisst gilt, wenn sie ihren gewohnten Lebenskreis verlassen hat und ihr Aufenthalt unbekannt ist. Das traf bei der abgängigen Lydia zu. Doch bei Erwachsenen, die verschwunden waren, musste eine konkrete Gefahr für Leib und Leben bestehen, auch bei Verdacht auf Suizid. Nur unter solchen Umständen würde eine Suche gestartet werden. Im Fall Lydia Graumann war das ausgeschlossen, zumindest vorläufig.

Verzugslos machte sich Ottakring auf den Weg.

Fred und Lydia Graumann wohnten in der dritten Etage eines Mehrfamilienhauses im Schatten des Karstadt-Komplexes in der Rosenheimer Innenstadt. Es war ein freudloses Gebäude, dessen helle Fassade nur durch eiserne Balkongitter etwas aufgelockert wurde. An manchen hingen Blumenkästen, andere Balkone waren nackt. Ottakring hatte den Eindruck, dass hinter zwei Fenstern im zweiten und dritten Stock Gesichter lauerten, vielleicht Frauen, die ihn beobachteten.

An der Wand neben der Tür mit den Klingelschildern lehnte ein Männerfahrrad, das Hinterrad fehlte. Vor dem Haus und an der Straße waren junge Platanen in Erdrondelle gepflanzt worden, sie machten die Umgebung etwas wohnlicher. Ein stürmischer Wind von Westen hatte die ganze

Nacht an den Bäumen gezerrt und graue Wolkenfetzen vor die Sonne getrieben, als Ottakring vor dem Haus stand und hinaufblickte.

Leicht nach vorn gebeugt stand er nun seit einer halben Stunde neben einem dieser Bäume, die Hände entweder vor dem Bauch oder hinter dem Rücken verschränkt. Beigefarbene Chinos, weißes Hemd, braunes Cordjackett und schwarze englische Halbschuhe. Bei knapp einem Meter einundachtzig wog er, je nach Tagesform, zwischen dreiundneunzig und fünfundneunzig Kilo, deren deutlicher Schwerpunkt im Bauchbereich lag. Sein Gesicht war heute rasiert, und am Hals baumelte die Kette mit dem blauen Stein, der von einem Indianer stammen sollte. Das hatte er damals der Verkäuferin als Wahrheit abgenommen.

Zum wiederholten Mal hörte er die Notizen ab, die er während und nach dem Gespräch mit Graumann mit dem Diktiergerät aufgenommen hatte. Er las die Kommentare vom kleinen Block und sah sich das Foto der Frau noch einmal an.

Er musste mit den Befragungen beim Ehemann beginnen und hatte vorhin schon bei »Graumann« erfolglos geschellt. Klar, der Mann war in der Arbeit. Kunststoffingenieur in einem Unternehmen in Raubling. Das konnte dauern.

Ottakring war unentschlossen, was für ihn ungewöhnlich war. Sollte er schon einmal die Nachbarn befragen? Den Friedhof aufsuchen? Er entschied sich für einen Mittelweg, überquerte die Straße und nahm auf einer Holzbank Platz, die vor dem dahinterliegenden Bistro stand. »Heute geschlossen«, stand auf dem weißen Schild, das an der Tür hing. Auf dieser Bank wollte er – er wusste selbst nicht, was. Warten vielleicht. Auf wen oder was, war zunächst unklar. Doch seine Intuition sagte ihm, dass irgendein Umstand eintreten, sich etwas ergeben würde, das nützlich wäre.

Er scannte die Fensterfronten. In der dritten Etage rechts wohnten gemäß Klingelschild die Graumanns. Zwei Fenster waren geschlossen, eines war gekippt. Dritte Etage links, die Frau spähte noch immer aus dem Fenster. Ab und zu passierte ein Auto oder ein Lieferwagen die wenig befahrene Straße drei Meter vor ihm. Nach einer Weile fühlte er sich wie in Trance. Sein Blick verlor sich zwischen den Wolken am Himmel und den Krähen, die laut krächzend vorüberzogen. Er ließ den Kopf sinken.

»Ist Ihnen nicht gut?« Eine Männerstimme.

Ottakring war wohl in einen Sekundenschlaf gefallen. Er schlug die Augen auf und starrte den Mann an, der vor ihm stand. Sofort war er wieder hellwach. Aus seiner Innentasche fischte er drei Fotos, blätterte, wählte eines aus. Er betrachtete es kurz und hielt es dem Mann vor die Nase. »Sind Sie Graumann?«, fragte er. »Fred Graumann?«

Der andere setzte sich neben ihn. Mit einem Ruck senkte er den Kopf und hob ihn wieder. »Dann müssen Sie Ottakring sein.«

Ottakring hatte schon besser gekleidete Männer als Graumann gesehen. Ausgebeulter Anzug, das weiße Hemd hing ihm aus der Hose, die dünne Lederkrawatte war verrutscht und weit offen.

»Haben Sie hier auf mich gewartet?«, fragte Graumann.

»Ja«, log Ottakring.

»Dann haben Sie aber Glück gehabt. An einem normalen Arbeitstag hätten Sie sich die Beine in den Bauch gewartet, bis ich zu Hause gewesen wäre.«

»Und heute?«, fragte Ottakring zurück.

Graumann erhob sich ebenso ruckartig, wie er vorhin den Kopf gesenkt hatte. »Ich hatte so ein Gefühl, dass Lydia zurückkommt«, sagte er leise. »Da hab ich mir Arbeit mit heimgenommen.«

Seltsam. Ein ähnliches Gespür hatte auch Ottakring gehabt. »Hatten Sie Streit mit Ihrer Frau?«, fragte er. »Oder welchen Grund hätte es geben sollen, dass sie plötzlich abhaut?«

Fred Graumann schaute ihn mit kleinen, harten Augen an, und Ottakring musste an sich halten, nicht unwillkürlich zurückzuzucken.

»Welchen Grund?«, fragte Graumann spöttisch. »Braucht es eine Begründung dafür, dass eine launische Frau von einer Stunde auf die andere nicht mehr im Haus ist?«

Die Bemerkung warf ein gewisses Licht auf die Ehe der Graumanns. Der Kriminalrat nickte schweigend. »Wir sollten uns ein wenig unterhalten«, meinte er freundlich. »Bis Ihre Frau wieder zurück ist.« Lag da ein kleiner Seitenhieb in seiner Stimme?

Er folgte seinem Auftraggeber in die Wohnung und nahm sich vor, mit ihm auch die Honorarfrage zu klären. Darauf hatte ihn Lola ausdrücklich hingewiesen.

Eine Stunde später besaß Ottakring die Informationen, die er für seine Arbeit brauchte. Lydias Vita, ihre Verhaltensweisen und Gewohnheiten, die kritischen Auffälligkeiten.

Linkshänderin, zurückhaltende Raucherin, modebewusst. Sie hatte als Buchhändlerin in der Innenstadt gearbeitet, doch nachdem das Geschäft wie zwei andere auch geschlossen hatte, war sie nun arbeitslos. Fred Graumann erläuterte die Fakten, die Ottakring schon vom Vater kannte: ihre Abhängigkeit von einem Toten, die Besuche an seinem Grab, im Museum, ihre Selbstgespräche, wie er sie nannte.

»Wie äußert sich ihre Depression?«, fragte der Kriminalrat.

Sie wechsele von einer Sekunde auf die andere die Stimmung, meinte Graumann. Himmelhoch jauchzend, zu Tode betrübt. In ihren schlechten Momenten sei sie eindeutig selbstmordgefährdet.

»Hat sie schon einen Suizidversuch hinter sich?«

Ja, sie hatte. Einmal mit Tabletten, ein anderes Mal mit dem Auto. Jedes Mal war sie in letzter Sekunde gehindert beziehungsweise gerettet und ins Krankenhaus gebracht worden.

»Welche Kleidung trägt Ihre Frau jetzt während ihrer Abwesenheit?«

Das konnte Graumann nicht sagen. Es komme vor, dass Lydia in einem Outfit aus dem Haus gehe und wenig später zurückkehre und sich etwas anderes anziehe.

Das Honorar war geregelt. Ottakring war zufrieden, als er das Haus in der Herzog-Otto-Straße wieder verließ.

***

Im Café Innig an der Innstraße trank er einen Cappuccino und dachte an Frau Huber, die er im Auto gelassen hatte. Es gibt Hunde, die fahren lieber Auto, als dass sie einen Berg hinaufrennen, und so ein Hund war Ottakrings Bobtail. Der Kriminalrat aß zwei Semmeln mit fruchtloser Marmelade und ließ sich ein Aspirin geben. Dabei sah er einmal mehr seine Notizen durch, auch die frischen, und überlegte, wie er weiter vorgehen würde.

An drei Tischen saßen Gäste beim Mittagessen. Durch die geöffnete Tür und durch die Fenster drang schwach der Lärm der Straße. Hupen, Klingeln und Geschrei wechselten in regelmäßigen Abständen. Ottakring hatte von seinem Platz aus einen freien Blick über den Biergarten vor der Tür auf die Straße. Mitten im Gewühl konnte er Fahrradfahrer beobachten, die sich seiner Meinung nach im wahren Leben als Stuntmen betätigen mussten.

Ottakring würde sich umsehen, Lydias Wege abgehen. Sie jetzt ausfindig zu machen gehörte nicht zu seinem Auftrag. Er verlangte die Rechnung, und zeitgleich kam ein Anruf. Es überraschte ihn nicht, dass er »FG« auf dem Display erkannte. Sein Kürzel für Fred Graumann.

»Lydia ist wieder da. Sie ist okay.«

Auf die Frage nach dem Grund ihrer Abwesenheit antwortete Graumann: »Sie wollte einfach mal raus. Zu sich selbst finden, sagt sie. Das überrascht mich nicht. Das ist halt Lydia.« Und nach kurzer Pause: »Wir können anfangen, Herr Ottakring.«

Die Toilette befand sich im ersten Stock. Ottakring schnaufte und schwitzte, als er wieder herunterkam. So wie noch vor Kurzem im aktiven Dienst gönnte er sich auch jetzt keine Pause.

Lydias Foto hatte er in der Tasche, zog es aber vor, das Bild, das er in seinem Kopf hatte, zur Identifizierung zu benutzen, sobald er Lydia begegnete. Wann das sein würde, war ungewiss. Am liebsten wäre er auf der Stelle in die Herzog-Otto-Straße gegangen und hätte bei den Graumanns geklingelt. Doch Lydia durfte ihn vorerst keinesfalls bemerken oder gar erkennen. Dann wäre seine Mission von vornherein gescheitert.

Fred Graumann, der tagsüber in der Arbeit sein würde, hatte ihm angekündigt, dass seine Frau es liebte, in der Früh bei schönem Wetter durch die Stadt zu bummeln. Das wäre eine Gelegenheit, ihr zu folgen, hatte er vorgebracht. Als wäre Ottakring nicht selbst auf diese geniale Idee gekommen. Diesen Nachmittag würde er sich um die Ohren schlagen müssen, Lola steckte im Beruf fest.

Also tigerte er durch Rosenheim und übte sich im diskreten Verfolgen einer Frau. Er schaute sich nur wenig um, er folgte einfach seinen Schritten. Sah die prachtvollen Bauten am Max-Josefs-Platz und anderswo. Mit halben Blicken registrierte er die jungen Leute überall, von denen er angenommen hätte, sie müssten eigentlich in ihrer Arbeit sein. Nur wenige Touristen schlenderten zu dieser Zeit im Spätsommer lässig übers Kopfsteinpflaster. Ottakring fühlte sich wohl, er konnte sich in Ruhe seinen Gedanken hingeben.

Er fieberte der Begegnung mit Lydia entgegen.

3

Am nächsten Morgen schellte Ottakrings Telefon zu einer Zeit, die er gar nicht schätzte: um sieben Uhr zehn. »FG«. Fred Graumann.

»Ich fahre jetzt in die Arbeit«, sagte er. »Lydia wird so gegen neun das Haus verlassen. Sie hat angekündigt, noch einen Kaffee im Bistro gegenüber zu trinken und die Zeitung lesen zu wollen, bevor sie durch die Stadt bummelt. Sie können ihr also bequem folgen.«

Ottakring verabschiedete sich mit einem dicken Kuss von Lola, die auch heute wieder eine Redaktionskonferenz im TV-Sender in München hatte.

Ottakring hatte die Fenster im Auto heruntergelassen und atmete die sanfte Luft des Morgens. Frau Huber bettete sich mit einem tiefen Seufzer auf den Rücksitz, den Kopf auf den gekreuzten Pfoten. Die Straßen waren um diese Zeit leer, der Berufsverkehr war gelaufen. Auch der Stadtkern war nicht schwarz vor Menschen, nur die Gegend zwischen Karstadt und Max-Josefs-Platz war belebt wie immer. Er parkte im P4 Mitte, zur Herzog-Otto-Straße waren es von dort nur ein paar wenige Schritte.

»Frau Huber, du wartest hier so lange«, redete er mit der Hündin. »Ich fahr dir die Fenster einen dicken Spalt herunter.«

Die Huberin sah ihren Herrn verständnisvoll an und wedelte dezent mit dem Schwanz

Lydia Graumann saß an einem der runden grünen Tische, die das Bistro vor seinen Fenstern auf dem Gehsteig aufgestellt hatte. Fächerpalmen in Kübeln ließen die Szenerie beinahe mediterran erscheinen. Lydia saß mit dem Rücken zur Straße und damit auch zu Ottakring, der sich behutsam näherte. Ihr langes, im frühen Sonnenlicht rötlich scheinendes blondes Haar hing weit über die Stuhllehne, sie hatte das linke Bein über das rechte geschlagen und blätterte langsam in einer Zeitung, Seite um Seite umschlagend, als habe sie nicht ernsthaft vor, darin zu lesen.

Lydia hatte sich umgedreht. Sie war eine attraktive Frau. Ein geblümtes langes Kleid mit einem breiten hellblauen Gürtel, dazu leichte Sandalen mit sehr dünnen Riemchen wiesen auf ein ausgeprägtes Modebewusstsein hin. Ottakring stellte fest, wie tief gebräunt der Teint ihres Gesichts und ihre ganze Haut waren. Eine Sonnenbrille lag auf dem Tisch, und eine Tasse Kaffee mit weißem Schaum stand daneben.

Es war ein einfaches, aber vollkommenes Bild, das Bunt ihres Kleids wirkte in Verbindung mit der minimalen Blauandeutung des Gürtels wie ein starker Akzent gegen das Grün der Tische und Stühle. Die zahlreichen Palmwedel bildeten mit ihren laufend wechselnden Hell-Dunkel-Reflexen so etwas wie einen Rahmen für dieses »Bild mit Dame«. Lydia fiel angenehm gegen die anderen Besucher des Lokals auf. Äußerlich wirkte sie ruhig. Doch um ihren Mund meinte Ottakring einen niedergedrückten, ja bekümmerten Zug zu erkennen.

Er musste lächeln. Vor wenigen Jahren noch hätte er diese Beobachtungen niemals so detailliert anstellen können. Lola mit ihrem für Bühnenbilder geschulten Auge hatte ihn gelehrt, harmlose Szenenbilder durch gewisse Filter zu betrachten.

Na gut, sagte er sich. Was du kannst, kann ich auch. Er schlenderte an ihr vorbei und achtete darauf, nicht frontal von ihr gesehen zu werden. Er steuerte auf einen freien Tisch an der Seite zu. Bei der jungen Bedienung bestellte er einen Cappuccino und bezahlte ihn gleich.

Mei, wie schön doch das Leben sein kann! Ein Glücksgefühl durchflutete ihn, er genoss diesen Morgen. Privatdetektiv und zukünftiger Exorzist musste man sein.

Auch als Chef der Mordkommission im Polizeipräsidium hatte er laufend seinen Kaffee getrunken. Doch nun merkte er zum ersten Mal, wie sich der starke Kaffee über die aufgeschäumte Milch in den Mund schlich, wie belebend ein Cappuccino in solch einer Umgebung sein konnte.

Lydia lehnte den Kopf ein wenig zurück, hob den Arm und legte ihn beiläufig auf die Lehne des Stuhls neben sich. Sie wirkte verträumt, gleichzeitig aber auch seltsam entschlossen.

Ottakring nahm einen weiteren, größeren Schluck. Die Frau zückte ihren Geldbeutel und kramte darin herum. Obacht! Gut, dass er schon bezahlt hatte.

Er folgte ihr, als sie aufstand und die Straße hinunterging. Etwas ungelenk ging er hinter ihr her. Sein Höhenflug von vorhin war schnell vergangen. Nur in seinen Lehrjahren als Kriminalbeamter hatte er sich zuletzt so hilflos und der Situation ausgeliefert gefühlt.

Rätselhaft wurde der Spaziergang, als Lydia mit einem Ruck kehrtmachte und ihm entgegenkam. Auge in Auge, sie war keine zwanzig Meter entfernt, und sie sollte sein Gesicht nicht sehen. Ebenso ruckartig setzte Ottakrings Interesse für Baby-Stricksachen ein, die sich unmittelbar neben ihm in einer Auslage befanden. Summend ging Lydia an ihm vorbei, er nahm einen schwachen Duft wahr, wie nach Maiglöckchen.

In der Prinzregentenstraße bog sie nach links ein. Der lange geblümte Rock umspielte ihre Beine, sie hatte eine dünne Strickjacke über die Schultern geworfen. Eine elegante Art, zu gehen, fand er. Es machte ihn nervös, diese Reise ins Ungewisse; die Entspanntheit der Kreuzfahrt mit Lola in Norwegen hatte ihn noch nicht losgelassen. Hätte er diesen Auftrag nicht annehmen sollen?

Er war froh, als sie vor einem Haus an der rechten Straßenseite anhielt. Die Nummer 22 war ein dreigeschossiges Patrizierhaus aus dem vorletzten Jahrhundert mit vielen Fenstern, mehreren Schrägdächern und einer rundbogigen Einfahrt. Trotz der Jahreszeit gab es noch reichen Blumenschmuck an den Fenstern.

Es war kein Zufall, dass sich die Frau genau vor diesem Gebäude aufhielt. Sie war zielsicher darauf zugegangen. Nun stand sie da, der eine Arm hielt ihre Handtasche, der andere lag am Rücken. Mit bewegungslosem Gesicht blickte sie auf den Bau. Nur ihre Lippen bewegten sich, als ob sie betete. Erst nach Minuten begriff Ottakring: Sie sprach mit jemandem. Am Ende schlug sie ein Kreuz und wandte sich quälend langsam ab.

Sie schlenderte Richtung Innenstadt, nach mehreren Metern blieb sie stehen und schaute zurück. Sie bewegte eine Hand, als ob sie jemandem zuwinkte, dann entschloss sie sich endgültig, den Platz zu verlassen.

Ottakring hetzte über die Straße. Von Weitem schon hatte er das unscheinbare Metallschild registriert, das unaufdringlich an der Hausfront angebracht war. Nun konnte er es lesen. Die Inschrift bestätigte seine Vermutung: »Geburtshaus von Aaron Eichbaum, Ehrenbürger von Rosenheim«.

Zum Friedhof!, musste Ottakring unwillkürlich denken, als Lydia Graumann weiterzog, den Kriminalrat im Schlepptau. Wie die Schrift auf einer Gedenktafel waren Hans Graumanns Worte in sein Gehirn geprägt. »Sie scheint etwas wie Befehle von ihm zu empfangen.«

Ihr Weg führte direkt zum Rosenheimer Stadtfriedhof. Ottakring fingerte nach seinem Diktiergerät und sprach im Gehen ein paar Notizen hinein. Der Speicher war schon ziemlich voll. Mit einer unwilligen Fußbewegung verscheuchte er zwei Tauben, die über seinen Weg trippelten.

An der Mauer, die den Friedhof zur Straße hin eingrenzte, befand sich das Familiengrab, auf dem Stein stand neben anderen in goldener Schrift der Name Ida Graumann. Auf einer separaten Tafel daneben war der Name ihres Mannes eingeprägt, Aaron Eichbaum. Als Todesjahr war 1943 angegeben, er war neunundsechzig Jahre alt geworden.

Statt Blumen bedeckten Tannen- und Latschenzweige die Erde, sorgfältig an- und übereinandergelegt. Grabstein, Tafel und Umrandung, alles aus grauem Marmor, wirkten frisch geputzt. in einer grünen Plastikvase steckten fünf dunkelrote Rosen, zwei davon waren verwelkt.

Lydia bekreuzigte sich und entfernte die vertrockneten Blumen. Dann senkte sie den Kopf und versank in Schweigen.

Ottakring wartete kurz, dann ließ er die Frau am Grab zurück und bewegte sich durch die Reihen der Gräber, stets mit einem Auge auf Lydia, die schweigend die Lippen bewegte. Unter seinen Schuhen knirschte der Kies.

Außer ihm waren noch zwei Frauen unterwegs, eingehüllt in dicke Kleidung. Eine von ihnen hatte rote Gummihandschuhe an und einen kleinen metallenen Rechen in der Hand. Ihm fiel auf, dass jedes einzelne Grab so gepflegt aussah, als ginge es um einen Friedhof-Schönheitspreis, überreicht an Allerheiligen vom Herrn Pfarrer persönlich.

Erst vor Kurzem war er auf dem Friedhof gewesen. In dem Ort, wo seine Mutter begraben lag, sah es aus wie in einem gepflegten Park oder Garten. Unkraut wuchern zu lassen, ja nur einen einzigen überflüssigen Grashalm, galt als Sünde. Mit der Pflege von Mutters Grab hatte er eine örtliche Gärtnerei beauftragt. Sie pflanzten Stiefmütterchen und Gottestränen, schnitten jedes Jahr den Buchs in Form, sorgten für frische Erde und eine gelegentliche Waschaktion am Grabstein. Er bezahlte jährlich einen nicht allzu hohen Betrag dafür.

Nun drehte er die Runde zurück zu Lydia. Diesmal hatte

sie, während sie lautlos murmelte, die Augen geschlossen zum Himmel gerichtet. Dieser Zustand bestand eine ganze Weile fort. Ottakring verhielt sich ruhig und abwartend im Hintergrund.

Nach dem Bekreuzigen kam wieder Leben in die Frau. Langsam, sehr langsam, schlenderte sie Schritt für Schritt um die Grabstätte, riss hier einen Halm und dort ein welkes Pflänzchen aus, knickte dort ein Zweiglein und warf es weg. Unablässig bewegten sich dabei ihre Lippen.

Ottakring verharrte noch immer an seinem Platz. Mit leicht geöffnetem Mund schaute er ihr zu, wie sie die Fingerkuppen der einen Hand über die andere gleiten ließ. Das hatte etwas Hilfloses, ja Kindliches, einen Augenblick lang dachte er, er müsse hingehen und sie trösten. Stattdessen aber trat er einen Schritt zurück in den Schatten der Thujenhecke. Er wollte nicht gesehen werden.

»Ja, großer Vater, ich folge dir!«, hörte er sie plötzlich rufen. Bisher hatte er noch keinen Laut von ihr vernommen und war von diesem Ausruf überrascht. Ihre Stimme war voluminös und besaß die Tiefe eines Mezzosoprans. Als sie erkennbar auf den Ausgang des Friedhofs zustrebte, ging er ihr nach.

Hatte das Städtische Museum um diese Zeit geöffnet? Er wusste es nicht. Nach seiner Einschätzung war dieses Museum Lydias nächstes Ziel. Ein ganzer Tag auf den Spuren ihres Vorfahren.

Bildete er sich ein. Doch allmählich musste er einsehen, dass er nicht ganz richtiglag. Über die mit Autos vollgeparkte Loretowiese schlug Lydia den Weg Richtung Innenstadt ein. Als sie auf Höhe Salingarten in eine Seitenstraße nach rechts einbog, begann er zu ahnen, was sie vorhatte. Noch eine Ecke, schließlich zweihundert Meter geradeaus, und sie stand erneut vor der Nummer 22, Aaron Eichbaums Geburtshaus.

Lydia Graumann sah sich um, als ob sie ahnte, dass ihr jemand folgte. Schließlich wandte sie sich ihrer Handtasche zu und fingerte darin herum. Mit etwas blinkend Metallischem kam ihre Hand wieder hervor. Das Metallische stellte sich als Schlüsselbund heraus. Sie öffnete die Tür und verschwand im Inneren der Nummer 22.

Ottakring wollte nicht mit ihr kollidieren und blieb dort stehen, wo er sich im Moment aufhielt. Unablässig zog er den Ärmel zurück, um auf seine Armbanduhr zu schauen. Als sie nach einer halben Stunde das Haus noch nicht wieder verlassen hatte, witterte er eine Falle. Entweder sie hatte ihn bemerkt und das Haus über einen Hinterausgang verlassen, oder sie besuchte jemanden im Haus. Doch wozu dann der eigene Schlüssel?

Äußerst wachsam näherte er sich dem Eingang. Das historische Metallschild daneben kannte er bereits. Neu war, dass er die Namen auf den Klingelschildern überprüfte. Es waren sieben, ein Schildchen war leer.

Das Haus verfügte über eine Gegensprechanlage. Er klingelte und wartete ab, was geschehen würde. Er fühlte sich sehr unwohl in seiner Haut.

»Ja, bitte?«

Er schwieg.

»Wer ist denn da?«

War es Einbildung, oder identifizierte er die Stimme als Lydias Stimme? Konnte es sein, dass sie einen Raum oder mehrere in diesem Haus bewohnte? Oder wenigstens Zugang zu einer Wohnung hatte? Es wäre logisch.

Mehr wollte er für den Augenblick nicht wissen. Er ging davon aus, dass er mit seiner Vermutung recht hatte, und wollte diese neue Situation im Auge behalten. Sie war zumindest nicht aussichtslos.

4

Am nächsten Morgen war die Tür des Museums schon geöffnet, als Ottakring um zehn Uhr erschien. Er hatte sich nach den Öffnungszeiten erkundigt und war absolut sicher, dass Lydia Graumann die Erste sein würde, die durch diese Tür ging. Ihr Mann, mit dem er am Abend noch telefoniert hatte, um einen Miniaturbericht zu erstatten, hatte es angedeutet. Die Wohnung in der Nummer 22 zu erwähnen hatte Ottakring vermieden.

Im Entree des Hauses traf er auf Dr. Ira Katz, die Gerichtsmedizinerin der Rosenheimer Kripo. Sie war mehr als einen Kopf kleiner als er, hatte dichtes schwarzes Haar, bewegte sich flink und gab sich freundlich. Sie war exakt zehn Jahre jünger als er, hatte also noch einige Dienstjahre vor sich.

»Ja griaß di, Ottakring, was macht du denn hier?«

In all den Jahren der Zusammenarbeit hatte Ottakring es nicht übers Herz gebracht, die Doktorin zu duzen. Sie ihrerseits warf die Sies und Dus durcheinander, je nach Laune und Situation.

»Ich kann nicht klagen«, sagte er vorsichtig. »Sind Sie wegen Fachliteratur hier drin?«

Die kleine Katz lachte schallend. Es war ein sympathisches, ungekünsteltes Lachen. »Ja, des glabst. Ich treib mi einfach so rum. Ohne Grund.«

Beide waren nun so schlau wie zuvor. Ottakring hatte ein Gefühl, als müsse er sich in ein Loch verkriechen oder unter den Teppich schlüpfen. Jeden Augenblick konnte Lydia auftauchen, und er wollte auf keinen Fall von ihr gesehen werden. Sein Dasein in ihrem Schatten wäre sonst ungleich komplizierter.

Ganz nebenbei fiel ihm auf, dass er seit dem Aufstehen

noch nichts Lustiges gedacht oder Fröhliches erlebt hatte. Lola war früh aus dem Haus gegangen und hatte sich mit einem flüchtigen Kuss verabschiedet, als er noch im Bett lag.

Du wirst langsam trübsinnig, dachte er, und regelrecht feierlich. Trotz seines Zeitdrucks fühlte er sich in der Gegenwart der Katz augenblicklich besser. Wenn du es dir genau überlegst, dachte er weiter, sind die Positiven, die Heiteren, wenn man so will, die Besten. Es ist viel besser, heiter zu sein. Wenn du so weitergrübelst wie bisher, mein Freund, wirst du irgendwann in eine Depression abstürzen. Also reiß dich zusammen!

»Waren Sie schon auf der oberen Etage?«, fragte er ein wenig lauernd. Er wollte heraushören, ob der Katz das Porträt eines bekannten, lange verstorbenen Rosenheimer Bürgers aufgefallen war.

»Ich kenn das Museum in- und auswendig«, sagte die Doktorin beschwingt. »Auch die alten Schinken im ersten Stock.«

Ottakring hatte im Augenwinkel die Tür im Blick. Da es schon auf halb elf zuging, wurde er unsicher, ob er die richtige Entscheidung getroffen hatte, hierherzukommen.

»Also, ich geh dann mal wieder«, sagte die Katz.

»Ja, bis bald«, erwiderte Ottakring geistesabwesend.

»Na, hoffentlich ned«, meinte die Gerichtsmedizinerin belustigt.

Bevor der Kriminalrat auch darauf etwas erwidern konnte, tauchte draußen etwas Langhaariges, Blondes auf, die Augen versteckt hinter einer imposanten Sonnenbrille. Er suchte Schutz in der Ecke bei dem Buchverkaufsständer und spielte den Literaturinteressierten.

Lydia Graumann war offenbar gut bekannt. Sie wurde an der Kasse freudig mit Handschlag begrüßt. Sie hielt sich nicht unnötig lange auf, raffte den langen Rock, der diesmal honigfarben war, und ging ohne Lächeln zügig auf die Treppe zu. Kurz darauf war sie im oberen Stockwerk verschwunden.

Joe Ottakring hatte das Ticket schon gekauft. Von sechs Augen beobachtet, stieg auch er ohne die geringste Eile die schmale Treppe hinauf. Er hielt sich dabei am Geländer fest, um das langsame Tempo noch zu unterstützen. Er kannte den Raum, in dem das Porträt hing, doch er war unschlüssig, ob er Lydia dorthin folgen sollte. Die Etage mit ihren fünf, sechs Räumen war nicht gerade überfüllt. Er würde ihre Aufmerksamkeit erregen, wenn er überraschend hinter ihr stand. Sie würde sein Gesicht sehen, und er könnte sich von da an nicht mehr unerkannt in ihrer Nähe bewegen.

Lydia stand reglos in Raum 5. Sie hatte sich ganz und gar der Fotografie gewidmet, die vor ihr an der Wand hing. Sie war allein.

Ottakring bewegte sich lautlos zu Raum 4, der gegenüberlag. Hier konnte er jederzeit zur Seite treten, um nicht gesehen zu werden. Er sah in Raum 5 hinein.

Dieser hatte das Format einer geräumigen Küche und zwei Fenster, je eines an zwei gegenüberliegenden Wänden. Eine Wand war mit Holz verkleidet. Dazwischen hing das alte Foto, von einem Deckenstrahler beleuchtet. Ottakring hatte es vorher schon mehrfach betrachtet, doch jetzt erst, in Ruhe, erschloss sich ihm die ganze Aussagekraft.

Man blickte auf zwei Menschen – Aaron Eichbaum mit Ehefrau, wie das kleine Messingschild ohne Angabe einer Jahreszahl aussagte –, die streng und feierlich, beide ohne zu lächeln, in die Kamera blickten. Ottakring konnte das Alter von Menschen, insbesondere von Frauen, schlecht schätzen. Dieses Paar, meinte er, dürfte zum Zeitpunkt der Aufnahme um die fünfzig Jahre alt gewesen sein, vielleicht auch schon nahe sechzig, wer wusste das schon bei alten Bildern.

Beide waren sie dunkel gekleidet, die Frau hatte ein ovales, offenes Gesicht mit – Ottakring fiel keine andere Bezeichnung dafür ein – stechenden Augen, die nicht recht zu der übrigen Erscheinung passen wollten. Am Kleid trug sie eine

Brosche, die zu jener Zeit gewiss elegant und schick gewesen sein musste. Das Schmuckstück hatte die Größe einer gut gewachsenen Walnuss, war geriffelt und im Zentrum mit vier eng gedrängten Perlen besetzt.

Auf diesem Foto war Aaron Eichbaum erkennbar der Dominantere. Entschlossener, fast verwegener Gesichtsausdruck, kräftige Nase, buschige Brauen, volles schwarzes Haar. Trotz aller Strenge machten die beiden auf dem Foto den Eindruck eines Paars, das sich schon lange kennt, sich ohne Worte versteht und in vollkommener Harmonie miteinander lebt.

Ottakring starrte auf das Bild, während die Frau sechs Meter vor ihm im anderen Raum noch immer reglos wie eine Statue davorstand. Er hätte wetten mögen, dass ihre Lippen sich lautlos bewegten. Sie verständigte sich mit ihrem Urgroßvater. Die Aussage ihres Ehemanns, sie sei ihm hörig, musste sich freilich erst noch bewahrheiten.

»Ja, großer Vater, ich folge dir!«, rief sie unvermittelt aus. Lydia gab ihre versteinerte Stellung auf und warf sich herum.

Ottakring sah ihr ins Gesicht, versuchte, sich wegzuducken, doch es war zu spät. Ernstes Gesicht, leuchtende Augen. Ihr Blick traf ihn direkt. Nur – er hatte in diesem Augenblick nicht den Eindruck, dass sie ihn wahrnahm. Ihre Augen waren durch ihn hindurch irgendwohin in die Ferne gerichtet. Sekunden später bog sie lautlos um die Ecke in Richtung Treppe und damit zum Ausgang.

Er ging hinüber in Raum 5 und inspizierte das Porträt aus der Nähe, er saugte es förmlich in sich auf. Mit dem Mann hätte er sich anfreunden können, er weckte Vertrauen und strahlte etwas Verlässliches aus. Doch er war schon seit über siebzig Jahren tot, Lydia konnte ihn nie lebend gesehen haben.

Lydia. Der Ausdruck ihrer Augen hatte ihn getroffen. Er hatte etwas Entschlossenes gehabt, sie schien über ihn nachgedacht zu haben, ohne ihn jedoch wahrzunehmen. Etwas in Ottakrings Innerem rührte sich. Er war begierig darauf, herauszubekommen, was da noch auf ihn zukommen würde. Er stand unter einer sonderbaren Spannung. Sie löste sich erst, als der Anruf kam.

Er hatte versäumt, auf »lautlos« zu schalten. Das Klingeln dröhnte wie die Feuerwehr durch die Gewölbe. Beim Wegschalten sah er, dass es Lola war. Um diese Zeit? Mitten am Tag? Es musste sich um etwas Außergewöhnliches handeln.

Im Treppenhaus sah er, wie Lydia Graumann ein paar Worte mit der Frau an der Kasse wechselte, dann war sie draußen. Ottakring stürmte die Treppe hinunter, nickte kurz zum Gruß und war ebenfalls draußen.

»Lola? Du hast angerufen? Ist was passiert?«

»Ja sicher. Ich bin daheim und langweile mich.«

»Warum? Was ist los? Du solltest doch auf einer Tagung sein.«

»Eben. Doch in unserem Hotel ist der Strom ausgefallen. Kein Strom, keine Vortragstechnik, also freie Zeit. Da hab ich kurz entschlossen alle Teilnehmer in ihr Home-Office geschickt. Einschließlich mich. Und ohne dich keine Heimarbeit.«

Ottakring hielt das Handy dicht ans Ohr, während er umhersah.

Lydia war durchs Mittertor gegangen. Fast ausgelassen war ihr Schritt, der lange Rock schwang hin und her. Er sah ihr nach. Wohin würde sie gehen, was hatte sie vor? Da brachte Lola noch einen Nachtrag.

»Die Frau Huber hat sich übrigens gut an den neuen Zaun gewöhnt. Sie lag brav in einer Ecke und ist mir sofort entgegengekommen, um mich zu begrüßen.«

Ottakring hatte für den Familienzuwachs in zweitägiger Arbeit Maschendraht vor den bestehenden Lattenzaun gesetzt. Aber er war nicht in der Lage, sich jetzt auf dieses Gespräch einzulassen.

Inzwischen geriet Lydia außer Sichtweite. Er musste einen Entschluss fassen. Lydia oder Lola, was war ihm wichtiger? Er entschied sich. »Lola, in einer halben Stunde bin ich bei dir.«

Er beschleunigte seinen Schritt und ging durchs Mittertor, um wenigstens noch Lydias Rockzipfel mitzubekommen. Ja, sie versuchte sich gerade mit einem Sprung durch den Autoverkehr auf die andere Straßenseite zu retten. Gelassen schritt sie danach auf den Würstlstand zu, der täglich am Grünen Markt die Hungrigen versorgte.

Ottakring wartete noch, bis sie eine Wurstsemmel gekauft hatte, dann verabschiedete er sich und eilte zum Porsche, der müde und ungewaschen in einem Parkhaus stand. In Rekordzeit war er zu Hause. Lola und Frau Huber erwarteten ihn schon.

Ball zu spielen war Frau Hubers Lieblingsbeschäftigung. Kaum hatten sich Lola und ihr Mann den Willkommenskuss gegeben, brachte die Hündin ihren Ball und legte ihn vor Ottakrings Füße. Erwartungsvoll blickte sie zu ihm auf.

»Ja freilich«, sagte Herrchen lachend. »Komm, wir gehen nach draußen. Im Vorübergehen deutete er bei Lola eine Umarmung an, beide lächelten. Dann folgte er Frau Huber, die schon sehnsüchtig wartete, und erfüllte ihre Wünsche.

***

Der Abend verlief schweigsam. Ottakring wollte die gedrückte Stimmung auflockern und erzählte irgendetwas, von dem er später nicht mehr gewusst hätte, was es war. Immer leiser wurde er dabei, er flüsterte beinahe. Lola hätte gern eingestimmt in diese Aufmunterung, nachdem sie lange nur zugehört hatte. Doch sie war sehr müde. Alles, was sie noch schaffte, war, in ihrem Tagungshotel anzurufen und zu fragen, ob alles Nötige wieder funktionsfähig war. Es war.

Sie sprach schon an der Grenze zum Schlaf und zum Traum. Ihre Stimme entfernte sich allmählich von ihrem Körper und besetzte den abgedunkelten Raum. Bald hatte sie keine Kraft mehr, sie bewegte nur noch die Lippen, es war ein Sprechen an der Grenze zur Lautlosigkeit. Leiser Gesang und Gegengesang. Ein nacktes Paar auf dem Rücken.

Langsam drehte Lola sich zu ihm, sie legte ein Knie auf seinen Bauch und kroch dicht an ihn heran. Ottakring nahm sie in den Arm. Sie schien nichts mehr zu spüren, sie war nur mehr ein Reflex. Dann schliefen sie zusammen ein.

5

»Wird es ein Gewitter geben?«, fragte Ottakring in der Früh am nächsten Tag und deutete nach draußen.

»Ja, sieht ganz so aus«, meinte Lola. »Aber komisch, so am Morgen.«

Doch ja, das war es, das Bild eines schweren Gewitters, das von Südosten auf das Inntal zurollte.

»Nimm jedenfalls einen Schirm mit«, schlug er vor. Er sah seine Frau genau an, als wollte er prüfen, wie sie die Nacht überstanden hatte.

Kaum hatte sich Lola auf den Weg gemacht, setzte plötzlich der Wind ein. Völlig unerwartet und dann gleich so heftig, als habe jemand eine Düse geöffnet. Bäume bogen sich, Blätter wehten über die Dorfstraßen, die Fahnen vorm Dorfwirt und an der Kirche flatterten, die Regenschirme bogen sich. Erste Tropfen fielen, ganz vereinzelt, wie eine Warnung. Vor dem Wirtshaus sprangen die Optimisten von ihren Stühlen auf, die sie angesichts der ersten Sonnenstrahlen besetzt hatten, und flohen. Wie eine wild gewordene Herde setzten sie über das Pflaster, die Kinder und die Älteren kamen nicht hinterher, das Gerenne wirkte übertrieben, überflüssig und vollkommen hysterisch. Mit Taschen oder einfach mit der Hand überm Kopf stürzten sie zu ihren Autos oder rannten geradewegs nach Hause. Dabei regnete es noch nicht wirklich, nur der starke Wind kündete das drohende Unwetter an und machte jedem, der noch keinen Schutz gefunden hatte, zu schaffen.

Jaulend schlich Frau Huber ins Hausinnere. Ottakring wusste, dass sich das Tier jetzt in den Keller verziehen würde. Die Angst der Hunde vor dem Gewitter.

Er marschierte in aller Ruhe zu dem kleinen Supermarkt gegenüber der Kirche, kaufte eine Handvoll Feigen und ein

Glas Marmelade. Als er umkehren wollte, kippte ein kleiner Sonnenschirm gerade vor ihm um und rollte seitlich davon. Er lief hinterher und bekam ihn noch zu packen, dann beeilte auch er sich, wieder zu seinem Haus zu kommen. Es lag vielleicht einen halben Kilometer entfernt und dort etwas erhöht.

Er erreichte das Anwesen im Wolkenbruch. Kaum hatte er den Garten betreten, stürzte das Gewitter wie eine alles überrollende Lawine auf ihn hernieder. Donner hallte von den fernen Felswänden wider, Blitze schlängelten sich über den Horizont, und alles, was er erkennen konnte, war die Silhouette des Hauses im Dunst. Wasser perlte ihm über die Jacke. Die Verfolgung von Lydia Graumann würde er verschieben müssen.

***

Über Nacht hatte sich das Unwetter wieder gelegt. Die Sonne hatte ein Loch in die Wolken gerissen, sie lugte über die Bergspitzen, als Ottakring am nächsten Morgen früh um halb acht mit Frau Huber auf den Petersberg ging. Das hatte er sich schon seit Tagen gewünscht, einmal wieder auf einen Berg zu gehen, auch wenn es keine Tour auf einen Kaisergipfel sein würde. Fred Graumann hatte ihn telefonisch angewiesen, in Sachen Lydia auf seine nächsten Hinweise zu warten.

Das Peterskircherl, sein Ziel, lachte ihm schon unten zu. Es ragte weiß und kantig aus dem dunklen Grün des Bergwalds heraus. Voller Lebensfreude flitzte die Hündin im Slalom zwischen den Bäumen hindurch.

»Huberin, bleib hier!«, musste er laut rufen. Die Hündin hatte irgendein Wild aufgespürt, entfesselt rannte sie auf einen Abhang zu. »Du sollst hierbleiben, verdammt!« Doch in derselben Sekunde war sie verschwunden. Er musste hinterher.

Kurz blieb er stehen, als sein Handy anschlug. Er meldete sich. Es war Fred Graumann, Lydias Ehemann.

»Kommen Sie schnell«, rief er, hörbar in Panik. »Meine Frau – kommen Sie schnell!«

Was denn mit der Frau sei, blieb Ottakring zunächst verborgen. Doch Graumann machte es tatsächlich dringend. Angst lag in seiner Stimme.

»Hab jetzt keine Zeit«, bellte er dennoch ins Telefon. »Ich ruf Sie später zurück.« Ottakring musste sich um Frau Huber kümmern, das war dringender als alles andere. »Frau Huber, wo bist du?«, rief er, während er auf den Abhang zulief.

Weder antwortete die Bobtailhündin, noch tauchte sie irgendwo auf. In respektvollem Abstand zum Abhang stoppte Ottakring. Allein wenn er an die Senkrechte dachte, die dort vorn drohte, wurde ihm schwindlig. Näher als zehn, zwölf Meter traute er sich nicht heran.

Um sich abzulenken, holte er noch einmal das Telefon aus der Tasche und drückte Graumanns Nummer. Belegt. Er wartete eine kurze Weile und ließ es klingeln. Nicht mehr belegt, aber keine Antwort.

Sein Hund vermisst. Sein Schützling Lydia offenbar in Gefahr, anders konnte er den Anruf nicht deuten. Es gab leichtere Situationen im Leben.

Dann tauchte Frau Huber wieder auf. Wie ein guter Geist, halb verdeckt von hohem Gras, abgetaucht mit dem Kopf, vier Meter lang vor schlechtem Gewissen. Ottakring schimpfte nicht. Ein Bobtail ist ein Old English Sheepdog, ein Herdenhütehund mit ausgeprägtem Jagd-, Beschützer- und Suchinstinkt. Deshalb nahm Ottakring die Hündin in den Arm und redete leise mit ihr. Sie verstand ihn, da war er sich sicher.

Bald waren sie wieder im Tal und am Auto. Frau Huber sprang selbstständig auf die schmale Rückbank, sie fuhren los. Ottakring versuchte es noch einmal am Handy. Graumann meldete sich nicht.

Auf gut Glück steuerte er das Haus in der Herzog-Otto-Straße an.

»Ja, Frau Graumann ist weggefahren«, bestätigte die Nachbarin im Erdgeschoss. »Mit dem Auto.«

»Wann war das?«

»Zehn Minuten her. Nein, eher fünfzehn. Nein, doch eher acht.«

»Und er? Der Herr Graumann? Haben Sie den auch beobachtet?«

Sie verneinte. Nein, den habe sie nicht bemerkt.

Na gut, jedenfalls noch nicht lange her. Ottakring verzichtete darauf, auch noch nach der Richtung zu fragen, in die Frau Graumann gefahren war. Lydia fuhr einen älteren Honda Jazz in einer auffällig bonbonfarbenen Lackierung. Wo sollte er anfangen zu suchen?

***

Fred Graumann kam ihm zu Hilfe. Er rief an.

»Wo ist Ihre Frau?«, fiel ihm der Kriminalrat gleich ins Wort. »Was ist mit ihr? Und wo sind Sie?«

Es stellte sich heraus, dass er die Arbeit verlassen hatte und nach Hause gefahren war, weil Lydia angeblich wieder einmal Selbstmordgedanken geäußert hatte und den beschützenden Fittichen ihres Mannes entglitten war. »Mit Sicherheit ist sie Richtung Berge gefahren«, deutete er endlich an. »Sie müssen Lydia unbedingt finden und sie zurückbringen.«

»Hat sie eine bevorzugte Gegend? Oder einen Lieblingsplatz, wo sie gern ist?«

Kleine Pause. »Ja. Vielleicht die Mitteralm am Wendelstein.«

Aha, die Mitteralm. Eineinhalb Stunden teilweise steil bergauf. Er startete den Motor und nahm den nächsten Weg in die Berge, den Zubringer zur Autobahn.

Der Honda Jazz stand unübersehbar leuchtend bonbonfarben auf dem Parkplatz des Cafés vor der Autobahn. Er bog ein und parkte den alten Porsche in einiger Entfernung. Frau Huber reckte erwartungsvoll den Hals. Immer wieder musste Ottakring sich wundern, wie das Tier durch das Gewirr der Locken und Fäden und den Filz vor seinen Augen hindurchblicken konnte. Er strich der Hündin sanft über den Kopf und drückte ihn leicht nach unten. Sie verstand. Mit einem wohligen Schnaufer lieferte sie sich dem Schicksal aus, wieder allein bleiben zu müssen.

Lydia Graumann trat zehn Minuten später aus dem Café. Eine tiefe Traurigkeit lag auf ihrem Gesicht. Ohne umherzublicken, ging sie zu ihrem Wagen, stieg ein und startete den Motor.

Ottakring hatte Mühe, ihr zu folgen, als sie sich in den fließenden Verkehr Richtung Süden einreihte. Das riesige Wollknäuel hinter ihm bewegte sich nicht. Mit Absicht ließ der Fahrer einen Abstand von drei, vier Autos zu der Frau. Das verblassende Orange seines Porsche drohte immer und überall aufzufallen.

Die Logik ihrer Route erschloss sich ihm nicht ohne Mühe. Zunächst bog sie auf die Autobahn Richtung München ein. Dann folgte sie der nach Innsbruck und beherzigte penibel jede Geschwindigkeitsbegrenzung. »Klar, also doch Mitteralm«, sprach Ottakring laut aus, an Frau Huber gerichtet.

Doch dann verließ sie die Autobahn in Brannenburg nicht wie vermutet Richtung Mitteralm. Sie steuerte über die Grenze nach Österreich und fuhr in Kufstein-Nord raus. Ohne eine gültige Vignette!, hatte er vorhin festgestellt. Was zum Teufel hatte die Dame vor?

Auf der Landstraße ging es wieder nach Norden, kurz nach Westen (wollte sie ans Mittelmeer?), endlich machte sie sich hinter dem tirolischen Ebbs auf den Weg zum Wilden Kaiser.

Ottakring witterte Böses. Hatte sie tatsächlich Selbstmordabsichten, gab es in dieser Gegend tausend Gelegenheiten dafür, ohne dass irgendjemand eingreifen konnte.

In einer finsteren Waldgegend, die ihm unbekannt war, bog sie ab, und er musste ihr auf einem gewundenen Bergsträßchen auf den Fersen bleiben, ohne aufzufallen. Nicht lange, dann änderte sie die Richtung abermals. Vor einer Brücke fuhr sie langsam im Tannenwald an einem Bach entlang nach unten. Der Porsche behielt den Kurs bei, bis er weiter oben einen Halt fand.

»Nein, du kannst hier nicht mit, Frau Huber. Tut mir leid. Echt.«

Wenn Hundeaugen Schmerz ausdrücken konnten, dann waren es diese Hundeaugen, die ihn durch die ganze Wolle hindurch ungläubig anleuchteten.

Ottakring sprintete das Stück Straße zum Honda hinab. Lydia konnte er nicht entdecken. Zu seiner Linken sprang ihm jedoch der reißende Wildbach mehrere Meter unter ihm ins Auge, er platzte vor Energie, er lärmte und schäumte. Er war von Gesteinsbrocken durchsetzt, die der enthemmten Gischt trotzten. Lang herabstürzende Wellenberge warfen sich auf, hoben sich wie unter einem Griff, bevor sie zusammenbrachen und die Wucht ihres Sturzes ahnen ließen. Die Wolken am Himmel darüber trieben dunkel und zerrissen so niedrig, dass man meinen konnte, sie rasierten die Bäume.

Ottakring beschleunigte im Trab. Er konnte sich zwar nicht vorstellen, dass eine Frau, selbst in größter Verzweiflung … »Lydia, halt! Bleiben Sie, wo Sie sind! Tun Sie …« Er rief, so laut er konnte.

Es war nicht zu erkennen, ob er gehört wurde, doch Lydia war nicht zu stoppen. Sie entfernte sich immer mehr vom Weg. Sie kletterte und rutschte über Felsen, Geröll und nasses Gras nach unten den reißenden Fluten entgegen.

Ottakring war sich nicht sicher, ob Lydia ihn überhaupt

hören konnte. Nach oben hatte sie nicht geschaut. Für alle Fälle schätzte er im Kopf Strömungsgeschwindigkeit und Vorhaltewinkel ab, während er nach unten sah. Aufkommende Schwindelgefühle überspielte er.

Einen kurzen Augenblick lang zögerte Lydia. Ein paar Armlängen entfernt, starrte sie ins tödliche Nass hinein. Wie vor einem Kopfsprung ins Schwimmbad winkelte sie beide Arme nach hinten ab.

Dann rührte sich Ottakrings Handy. Das Läuten blieb ungehört, nur das Vibrieren machte ihn darauf aufmerksam. Graumann, sah er auf dem Display. Sollte er dem Ehemann erklären, dass seine Frau kurz davor war, sich auf grausame Art dem Tod in die Arme zu werfen? Er ließ es bleiben.

Die Ablenkung hatte nur eine Sekunde gedauert. Doch diese Zeit hatte genügt, um Lydia Graumann unsichtbar zu machen.

Ottakring stand wie gelähmt.

Nicht lange, da tauchte Lydias Kopf mit qualvoll geöffnetem Mund und in die Stirn fließendem Haar inmitten der Gischt auf. Zehn Meter flussaufwärts auf der gegenüberliegenden Bachseite. Seine Berechnung war korrekt gewesen.

Die Schuhe hatte er abgelegt. Er sprang kopfüber der Stelle entgegen, an der ihm die Frau entgegenkommen musste. Doch die gigantische Flut riss ihn mit. Hatte er sich verkalkuliert?

Das Wasser war eisig. Die Temperatur hemmte den Denkprozess und stach wie mit Nadeln in die geöffneten Augen. An Sehen und Erkennen unter Wasser war nicht zu denken. Es gelang ihm, kurz aufzutauchen und ein paar hastige Schwimmstöße flussaufwärts zu machen. Er schnappte nach Luft, fast verzweifelt tat er das. Hatte er sich übernommen? Musste er nun selbst sterben?

Ottakring kämpfte. Energisch schöpfte er Luft und machte weiter. Als er unter Wasser nur noch an Lola denken konnte, rammte er das Flussufer. Doch er schüttelte sich, stieß sich erneut mit den Beinen ab und kämpfte weiter gegen den Strom an. Dabei griff er immer wieder nach vorn, dorthin, wo nach seiner Berechnung Lydias Körper ankommen musste, hoffentlich noch lebend.

Ein letztes Mal tauchte er auf, um Atem zu schöpfen, und griff ein weiteres Mal ins Leere – doch dann fasste er sie. Schemenhaft konnte er den Körper unter Wasser erkennen. Er packte Lydias Handgelenk, fasste nach, unterfing sie und zog sie zu sich. Jetzt musste er mit ihr auf dem schnellsten Weg dieser brodelnden Hölle entkommen!

Noch konnte er nicht überblicken, ob sie tot war oder lebte. Erst als er sie ans Ufer geschleppt hatte, stellte er fest, dass sie noch atmete. Schwach spürte er ihren Puls. Auch die blutende Kopfwunde schien nicht lebensbedrohlich zu sein. Er verspürte den Wunsch, ihr Gesicht zu streicheln, gleichzeitig empfand er eine eigentümliche Scheu, sie zu berühren.

Nachdem er mit dem wasserdichten Handy die 112 gerufen, den Ort beschrieben und die Dringlichkeit betont hatte, kniete er sich neben Lydia Graumann hin, führte ihre Hände über der Brust zusammen und drückte, pumpte, wie er es schon früher in anderen Fällen getan hatte. In kleinem Schwall, dann in schwachen Stößen trat Wasser aus ihrem Mund.

Da ihre Augen geschlossen waren, sagte er, ja bat er: »Sieh mich an, Lydia.« Jetzt wagte er auch, ihr Gesicht zu streicheln.

Nach endlos erscheinender Zeit öffnete sie die Augen. Ein Blick von weit her ruhte auf ihm. Er hörte nicht auf, ihr über die Stirn und die Wangen zu streichen. Langsam änderte sich ihr Blick, er bekam etwas Suchendes, Fragendes, als suchte sie auf dem Grund ihrer Erinnerung.

Als sie ein Wort hauchte, glaubte Ottakring, den Namen ihres Mannes zu hören, doch sicher war er nicht.

»Ja, Lydia, Sie sind in Sicherheit«, sagte er dennoch.

Erst jetzt, nachdem die Frau gerettet war, kam er dazu, die Situation zu überdenken. Immerzu hatte er seinen toten Schorschi vor sich gesehen. Nur für ihn hatte er die abenteuerliche Bergung durchgezogen. Und nur der Glaube an seinen Burschi hatte ihn davon abgehalten, in Schwindel und Panik zu verfallen.

Er warf einen letzten Blick auf die wiedererwachte Lydia und wartete.

6

Im Klinikum Rosenheim verabschiedete sich Ottakring am nächsten Tag von Lydia Graumann. Nein, nie im Leben habe sie an Selbstmord gedacht, behauptete sie. Rein zufällig sei sie abgerutscht und in den Bach gefallen. Nein, von ihrem Mann habe sie noch nichts gehört. Sie habe ihn aber auch nicht verständigt. Kein Händedruck, kein Wort des Dankes.

Auf dem Weg hinaus entschloss er sich zu einem bescheidenen Spaziergang, um auf andere Gedanken zu kommen und neue Kraft zu sammeln.

Vor dem Kriegerdenkmal an der ehemaligen Kaserne traf er auf eine Bank, die von einem ehemaligen Kommandeur des Bataillons gestiftet und mit einem Namensschild versehen worden war. Er setzte sich auf die Bankstiftung des Heinz Steiner, stand auf, setzte sich wieder und registrierte im selben Augenblick, dass er die Sache mit Lydia Graumann nicht aus dem Kopf bekam.

Der Notarzt und die beiden Männer der Ambulanz waren gestern mit einer Tragbahre an den Unglücksort am Bach gekommen. Der Arzt versorgte Lydia, dann legten die Träger den Körper auf die Bahre, verständigten sich mit einem Nicken und bugsierten die Last auf schmalem Weg zum Notfallwagen. Bei ihren Bewegungen schaukelte Lydia ein wenig. Ottakring wollte abwarten, bis sie am Ziel waren, bevor er Graumann verständigte, es fiel ihm ohnehin schwer genug.

Vor dem überdachten Eingang zur Notaufnahme des Klinikums waren sie von einem jungen Arzt in Empfang genommen worden, den die Sanitäter bereits verständigt hatten, und das Unfallopfer – so war die offizielle Verständigung – wurde den langen Gang hinuntergeschoben. Lydia hatte bereits an mehreren Schläuchen gehangen.

Der Anruf auf der Station heute früh hatte Klarheit verschafft: Lydia Graumann würde überleben, die Kopfwunde war unbedenklich.

Als jetzt sein Handy klingelte, war Ottakring sofort klar, wer die Anruferin war. Insgeheim hatte er mit Lolas Anruf gerechnet. Er selbst wollte sie nicht in ihrer Arbeit stören, darüber bestand zwischen ihnen seit Jahren eine Abmachung.

»Wie geht's dir, Joe? Was machst du? Was ist mit dieser Lydia?«

Seine Frau hätte ihn in seinem Schicksal versinken lassen, sich in Arbeit stürzen oder den Kopf in den Sand stecken können. Doch sie stahl sich die Zeit, ihn anzurufen. Das freute Ottakring sehr.

»Mir geht es ordentlich«, sagte er nach kurzem Schweigen. »Die Lydia Graumann ist wohl aus dem Schneider, und zu deiner zweiten Frage: Ich sitze auf einer Bank und denke gerade an dich.«

Verschlucktes Lachen am anderen Ende. »Das ist schön! Mir kommt's namlich fast vor, als bewegte dich die Gschicht mit dieser Lydia mehr, als ich dich interessiere. Irre ich da?«

Ottakring fiel es nicht so leicht, etwas zuzugeben. Doch jetzt bekannte er: »Du mit deinem Gespür für das Richtige! Ja, mich beschäftigt das sehr. Aber keine Sorge, es wird schon alles gut gehen!« Er versuchte, sich einen fröhlichen Mantel umzulegen.

»Vorschlag, mein Schatz«, kam ihm Lola entgegen. »Wollen wir heute Abend essen gehen? Ich lade dich ein. Ich habe gerade ein klasse Projekt zu Ende geführt. Ich würd mich freuen. Sagen wir, so gegen halb acht? Dann bin ich sicher zurück.«

Als er ihr versichert hatte, wie sehr er sich freue, und sie das Telefonat beendet hatten, verfiel er wieder in Gedanken an Lydia Graumann. Wenn sie vielleicht – wie angekündigt – morgen schon die Klinik verlassen durfte, würde er sich sofort wieder an ihre Fersen heften müssen. Und übermorgen wieder. Er war unentschlossen. Diese Eigenschaft war neu. Früher in seiner aktiven Zeit war sie ihm komplett abgegangen.

Während er versuchte, nicht in Melancholie zu verfallen, schaute er die schmale Straße entlang. Die Radfahrer, meist ältere Männer mit langsamen, verzögerten Tretbewegungen, die tropfenden Blumenkästen an den Fenstern, die vertrocknenden Geranienkübel an den Hauseingängen, der Hund, der im Trab die Straße überquerte und an der nächsten Hausecke das Bein hob, die Frauen, die dabei waren, die Straße zu kehren, Radiomusik aus einem geöffneten Fenster. Das war sein Alltag, der Stillstand des Lebens. Das alles war vergänglich und doch von unveränderlicher Gleichförmigkeit.

Wenn er nicht diesen Auftrag hätte, Lydia Graumann davor zu bewahren, Dummheiten zu begehen. Der Vorfall gestern hatte ihn sehr nachdenklich gemacht. Nun, da er aus erster Hand erfahren hatte, wie entschlossen sich diese junge, vital wirkende Frau dem Tod entgegenwarf, drohte ihn der Mut zu verlassen. Zumal Fred Graumann am Telefon den Anschein erweckt hatte, als berühre ihn das Ereignis nicht sonderlich, als wäre es etwas ganz Normales. Fred Graumann wollte Lydias Sprung als Sturz, ihren Vorsatz als Unfall dargestellt wissen. Wollte Ottakring den Rest seines Lebens damit verbringen, die Hand schützend über Lydia Graumann zu halten? Er würde ihren Mann davon überzeugen müssen, professionelle ärztliche Hilfe zu suchen.

»Woran denkst du?«, fragte Lola Herrenhaus, als sie im Lokal am Tisch Platz genommen hatten. Sie spürte, dass mit ihrem Joe irgendetwas nicht stimmte. »Hat es mit deinem Fall zu tun?« Aus alter Gewohnheit sagte sie »Fall«, obwohl es kein Mordfall war wie früher.

»Nein, nein«, log er. »Ich denke an Murnau. Dort hat im

Museum gerade wieder eine Franz-Marc-Ausstellung begonnen.«

Es dämmerte früh. Sie sahen beide beinahe regungslos zum Fenster hinaus, bis das Essen serviert wurde. Man hörte manchmal ein helles Sirren von Fledermausschwärmen, die in tiefem Flug ums und gegen das Haus schwirrten. Ein paar Gäste saßen noch draußen an der Hauswand an Biertischen. Wenn ein Schwarm nahte, wurde das Menschengeraune lauter als bei den vorherigen hingemurmelten, gedämpften Gesprächen, unterbrochen von vereinzeltem Lachen.

Ja, natürlich würde er morgen wieder Posten beziehen vor dem Haus in der Herzog-Otto-Straße, sollte Lydia aus der Klinik entlassen werden. Er war gespannt, was sie nach dem Abenteuer im Gebirgsbach jetzt vorhatte. Nur: Sie kannte ihn seit seinem Besuch im Krankenhaus. Er musste ab jetzt entweder doppelt vorsichtig vorgehen, wenn er sie beobachtete, höchst diskret, um bloß nicht von ihr gesehen und wiedererkannt zu werden. Oder aber er würde ihre Bekanntschaft nutzen, um ihr Vertrauen zu gewinnen.

»Schau mal, wer da kommt!«, unterbrach Lola seine Gedanken. Ottakring schreckte auf.

Lola nickte zum Eingang hin. »Ist das nicht dein Freund? Der Hans Graumann? Dann wird das womöglich Lydia sein, seine Tochter?« Sie überlegte kurz, dann schlug sie sich vor die Stirn. »Nein, Blödsinn, seine Schwiegertochter, oder?«

Tatsächlich! Lydia Graumann hatte zusammen mit ihrem Schwiegervater den Raum betreten. Hatte er sie also schon heute aus der Klinik abgeholt! Ottakring fuhr es heiß und kalt den Rücken hinunter. War das nicht zu viel der Zufälle, wenn jetzt auch noch seine Bekanntschaft mit Hans Graumann bekannt würde? Statt sich in einem Mauseloch zu verkriechen, musste er sich erheben, als die beiden an ihren Tisch traten.

»Grüß Gott«, eröffnete Hans Graumann den Reigen. »Das

ist ja eine Überraschung. Darf ich euch meine Schwiegertochter Lydia vorstellen?«

Graumann strahlte eine meisterliche Scheinheiligkeit aus, um zu verstecken, dass er von dem Spiel Kenntnis hatte, das sein Sohn eingefädelt hatte. Ottakring stand ihm in nichts nach, um Lydia gegenüber zu verbergen, dass er ihr nachstellte. Sie hatte ihn offenbar nicht wahrgenommen, als er sie am Bachufer verfolgt und später versucht hatte, das Wasser aus ihrer Lunge zu pumpen. Zumindest hatte sie ihn »Fred« genannt. Beim Besuch in der Klinik hatte Ottakring Lydia von einem Spaziergang mit seinem Hund am Wildbach entlang erzählt, dabei habe er ihren Sturz beobachtet und sie aus dem Wasser geholt.

Heute Abend schien sie ihn dennoch nicht wiederzuerkennen. Warum sie überhaupt schon die Klinik verlassen durfte und in Freiheit war, entzog sich Ottakrings Verständnis. Äußerlich war das Einzige, was auf ihren »Unfall« hindeutete, der quadratische Verband an ihrer Schläfe.

Die Graumanns setzten sich zu den Ottakrings, alle vier erprobten sich in sämtlichen Regeln des Gesellschaftsspiels der gepflegten, unverbindlichen Unterhaltung. Bis Lola zum Angriff überging.

»Darf ich fragen, was dieser Verband an Ihrem Kopf bedeutet, Frau Graumann? Haben Sie sich verletzt?«

Lydia schien zu überlegen. Etwas Verschwommenes ging ihr durch den Kopf. Ihr Blick schwenkte langsam, sehr langsam zu dem Mann neben der Fragestellerin. »Können Sie mir weiterhelfen?«, fragte sie Ottakring. »Haben wir uns schon einmal irgendwo gesehen, Herr …?«

»Ottakring«, stellte er sich noch einmal vor.

»Herr Ottakring?«, wiederholte Lydia verwirrt mit leicht geöffnetem Mund.

Der nickte flüchtig. Ihm fiel die altertümliche Brosche auf, die Lydia an ihrem Blazer trug. Sie war walnussgroß, geriffelt, mit vier eng gedrängten Perlen im Zentrum. Er meinte, sie schon einmal irgendwo gesehen zu haben.

»Du wirst sein Bild vielleicht aus der Zeitung kennen«, warf Hans Graumann ein. »Joe Ottakring ist in der Gegend bekannt.«

Lola nickte. Der Kriminalrat hob abwehrend die Hände und berichtete knapp von dem gestrigen Unfall. Hans Graumann, der erst jetzt zu erfahren schien, wer seine Schwiegertochter vor dem sicheren Tod bewahrt hatte, dankte ihm überschwänglich. Damit erschöpfte sich das Thema. Jeder hatte Kenntnis von der Katastrophe um Lydia, doch keiner kam auf ihre Probleme zu sprechen. Alle aßen schweigend und warteten ab. Das Zufallstreffen erwies sich als ein mühsames, nervtötendes Projekt.

Hans Graumann war es schließlich, der sich zu einer Äußerung aufraffte, die auflockern sollte. Er sagte: »Morgen wird Lydia einen Wanderausflug machen, nicht wahr, Lydia? Das Wetter wird perfekt sein, nicht zu kalt und nicht zu [illegible]«

»Das werde ich«, sagte Lydia. »Und Aaron wird mich begleiten.« Ernsthaft blickte sie auf den leeren Teller vor sich.

Lola stieß ihren Mann unauffällig mit dem Ellbogen an. Der zuckte die Schultern und sah weg.

»Aaron?«, fragte Lola, nur um etwas zu sagen. An ihrer Miene war abzulesen, dass es ihr total egal war, um wen es sich bei diesem Aaron handelte.

Hastig beugte sich Hans Graumann vor und stützte die Arme auf. Er sprach über den Tisch. »Aaron Eichbaum war Lydias Urgroßvater. Ein damals sehr bekannter Mann in Rosenheim. Lydia verehrt ihn sehr. Stimmt's, Lydia?«

Lydia regierte nicht.

»Aaron Eichbaum«, sagte Lola erneut. »Aha.«

»Ja, also«, sagte Ottakring und erhob sich. »Bei uns soll's heute nicht zu spät werden. Nicht, Lola?«

»Ja, sicher«, bestätigte Lola.

»Dürfen wir –«, begann Graumann einen Satz, eine Frage offensichtlich.

Lydia fiel ihm ins Wort. »Möchten Sie nicht mitkommen?«, sagte sie zu Ottakring.

Der fühlte sich, als wäre er nach seiner Dienstmarke gefragt worden. Unentschlossen blickte er durch die großen Fenster in die Richtung, in der die Berge liegen mussten.

»Tun Sie mir den Gefallen«, bat ihn Lydia noch einmal. Sie quengelte fast. »Bitte!«

Es regnete fast die ganze Nacht über. Ein heftiger Wind setzte ein, der das Haus umtoste und den Garten zerzauste. Doch Lola und Ottakring wussten sich die Nacht auf sehr angenehme Weise zu vertreiben.

»Joe, sei vorsichtig mit dieser Frau«, warnte Lola kurz vor dem Einschlafen. »Die ist mir nicht ganz geheuer.«

»Wieso?«

»Ach, nur so ein Gefühl. Intuition, wenn du's genau wissen willst.«

Ottakring hielt eine ganze Menge von den Eingebungen und dem Bauchgefühl seiner Frau.

***

»In die Berge«, hatte Lydia lakonisch auf Ottakrings Frage, wohin sie die Tour plane, geantwortet.

Sie wollte auf den Brünnstein, stellte sich heraus, doch erst, nachdem Ottakring am Abend im Lokal zwei weitere Male nachgehakt hatte. »Ich war bisher ein einziges Mal auf dem Brünnstein«, sagte sie. »Es ist eine tolle Tour.«

Ottakring hatte eine vage Erinnerung. Vor vielen Jahren war auch er schon auf diesem Fast-Zweitausender gewesen. Er hatte einen steilen Anstieg in Erinnerung, geschätzte zwei bis zweieinhalb Stunden, der hauptsächlich durch Bergwald führte und nicht gefährlich war. Überwiegend auf schmaler Forststraße.

Soweit er sich erinnern konnte.

Sie starteten um neun Uhr am nächsten Morgen. Ottakring wäre gern früher losgegangen, doch Lydia hatte darauf bestanden.

Frau Huber war selbstverständlich dabei. Es war ihre erste Bergtour, vielleicht nicht ihres Lebens, so aber doch mit der neuen Herrschaft. Die Hündin übernahm sofort die Führung, sie trabte voraus. Alle paar Meter drehte sie sich um und kontrollierte, ob ihre Familie noch vollzählig vorhanden war.

Nach einer halben Stunde kamen sie am Gut Rechenau vorbei, einem der zahlreichen Domizile des verstorbenen Gunter Sachs. Ein alpenländisches, mit Blumen geschmücktes Herrenhaus mit mehreren Gesindehäusern daneben. Auffallend die Garagen mit überbreiten schweren, mit Schnitzereien verzierten Holztoren. Ottakring warf einen raschen Seitenblick auf seine Begleiterin. Nicht im Geringsten war sie außer Puste, während er selbst schon ein wenig zu kämpfen hatte.

Warme Sonnenstrahlen fielen auf sein Gesicht. Der Himmel war leuchtend blau, nur ein paar gefällige Wolken lungerten im Südwesten herum. Doch der Wind war wieder vehement.

Obwohl er nun seit seiner Geburt ohne Unterbrechung in dieser Gegend lebte, war Ottakring jedes Mal aufs Neue fasziniert, wie unvermittelt und ohne Ankündigung das Wetter auf die eine oder die andere Seite umschlagen konnte. Aus diesem ganz unverdächtig strahlenden, warmen Morgen konnte überfallartig ein herbstlich anmutender Sturm- und Regentag werden. Als hätte es nie ein anderes Wetter gegeben. Aus dem Nichts zogen dann dicke Wolken auf, die Luft wurde feucht, das Licht diffus, wie hundertfach gebrochen.

Ein Wolkenbruch ging nieder. Donner hallte von den Felswänden wider, Blitze schlängelten sich im Slalom durch die Berggipfel, das Wasser flutete von den Hausdächern.

In früheren Jahren, überlegte er, hatte er über dieses Phänomen nie nachgedacht. Kein Wunder, dass dieses launische Wetter das allgegenwärtige Thema der Bauern hier oben war, Radio, Fernsehen und Internet hin oder her. Manchmal war er tief beeindruckt gewesen, wie genau diese Menschen den Wankelmut ihres Wetters vorhersagen konnten. Und wie häufig die sogenannten Bauernregeln zutrafen. Seit dem Mittelalter machte man bis heute eine große Kunst daraus.

Einige Augenblicke war er stehen geblieben, um eine Gruppe besonders gerader und hoher Lärchen zu betrachten. Frau Huber hatte sich in den Wald verzogen.

Lydia marschierte ungerührt weiter. »Geht es Ihnen gut?«, rief sie ihm über die Schulter nach hinten zu.

Ottakring fasste sich ein Herz. »Wollen wir nicht Du sagen?«, fragte er, noch etwas zögernd. »Ich finde es albern, wenn wir nachher am Gipfelkreuz stehen und Sie sagen müssen: ›Herzlichen Glückwunsch, Herr Kriminalrat!‹, oder ich sage: ›Betrachten Sie bitte einmal den Wuchs dieses seltenen Edelweiß.‹«

Sie war einverstanden. »Okay, Joe« hörte sich zwar etwas merkwürdig an, doch das würde sich geben.

»Der Schinder« tat sich auf. So bezeichneten die Einheimischen eine besonders steile und beschwerlich zu gehende Strecke. Ottakrings Gedanken kreisten um die Frau, die fast mühelos vor ihm herschritt.

Es war gerade einmal zwei Tage her, dass sie diesen unsinnigen Versuch unternommen hatte, sich selbst in einem rücksichtslosen Gebirgsbach zu versenken. Was wäre gewesen, wenn er sie nicht gerettet hätte! Soviel er wusste, konnte eine Person, die des Schwimmens mächtig ist, sich nicht selbst ertränken.

Lydia brauchte ärztliche Hilfe. Er konnte dieses seltsame

Verhalten, wie sie ihren Urgroßvater vergötterte, nicht beurteilen. Fred, ihr Mann, hatte in Sorge um sie seinen Vater gebeten, ihn, den pensionierten Kriminalrat und früheren Chef der Mordkommission, einzuschalten. Was versprachen sie sich davon? Wie hatte er so naiv sein können, diesem Ruf zu folgen, ohne sich vorher ausführlich zu informieren?

Weiß der Teufel, wohin dieses ganze Spiel noch führen würde. Doch nun hatte er eben angebissen, und es war nicht seine Art, einen einmal begonnenen Auftrag hinzuwerfen. Er würde auf Lydia aufpassen. Und er würde ihr Zeit lassen. Wenn er ganz ehrlich war, begann er sogar allmählich, Gefallen daran zu finden.

»Geht's noch, Joe?«

Eine gute Stunde waren sie gestiegen. Er merkte, dass er nicht mehr der Alte war, so wie noch vor fünf oder zehn Jahren. Von der Natur, die sich um ihn herum ausbreitete, hatte er nicht viel wahrgenommen. Seine Gedanken waren auf unfruchtbare Weise gekreist, seine Stimmung war auch nicht die beste. Was er sehr dringend gebraucht hätte, war ein Kaffee. Oder noch besser: ein Weißbier. Die einzige Alm hier oben konnte nicht mehr allzu weit entfernt sein.

»Du siehst müde aus«, sagte Lydia. »Wir sind bald am Brünnsteinhaus. Nimmer lang! Ich danke dir, dass du mitgekommen bist.«

Wenn er es korrekt in Erinnerung hatte, würde nach dieser Rast ein recht ausgesetzter, steiniger Weg zum Gipfel beginnen. Mit Klettersteig sogar. Allein der Gedanke daran ließ ihn taumeln. Nach Schorschis Sturz auf der Rotspitz hatte er sich geschworen, keinen Gipfel mehr zu besteigen, schon gleich nicht mit jemandem, der ihm anvertraut war.

So wie damals sein Sohn.

So wie jetzt Lydia Graumann.

»Sollen wir eine Pause machen, Herr … äh, Joe?«

Beide bestellten sie die selbst gemachte Erbsensuppe im Brünnsteinhaus. Lydia haute rein, Ottakring ließ die Hälfte stehen. Frau Huber bekam ihre Wurst. Der Verzehrvorgang dauerte fünf Sekunden.

»Schmeckt es dir nicht?«, wurde Ottakring gefragt.

»Freilich schmeckt's mir. Ich krieg nur nicht mehr runter.« Er kannte auch den Grund. Wenn er ehrlich zu sich war, musste er sich eingestehen, dass er Angst hatte. Angst vor dem möglichen Schwindelanfall dort droben. Nicht nur dem möglichen – dem sicheren, sagte er sich.

Sie führten ein langes Gespräch mit gedehnten Pausen, in dem Ottakring sich ständig wiederholte. Es ging um Gott und die Welt und um Hunde, und er versuchte, Lydias Seelenleben etwas aufzuhellen. Ein wenig Erfolg hatte er mit diesem Versuch.

Doch schon im nächsten Moment war sie plötzlich wie erstarrt, er beobachtete sie dabei, wie sie einige Tropfen der Suppe mit der eigenen Serviette aufwischte, ein paar Brösel zusammenstrich und den Rand ihres Glases mit Ottakrings Serviette säuberte. Einen langen Augenblick wurde es vollkommen still, er spürte es bis in die Poren, es war eine bedrückende Stille. Längst hatten sich mehrere Tische geleert, die Gäste zogen mit ihren Rucksäcken und Wanderstöcken ab nach oben oder unten, teilweise lärmend.

Lydia holte kurz und tief Luft, beinahe wäre er zusammengezuckt. Ohne ihn anzusehen, sagte sie: »Meine Ehe mit Fred ist nicht so, wie es nach außen hin wahrscheinlich den Anschein hat. Wir gehen uns aus dem Weg. Ich habe den Eindruck, er fremdelt. Er ist hier geboren, und ich kenne ihn, seit ich hier lebe.«

Er blickte zur Seite, dann schaute er sie direkt an. Er versuchte, so unbeteiligt wie möglich zu wirken. »Hat dein Sprung in den Gebirgsbach damit zu tun?«, fragte er. »Sei bitte ehrlich.«

Sie schaute zurück, ebenfalls ganz direkt. Sie lächelte sogar. »Ja, ich wollte Fred ärgern. Ihm ein wenig Angst einjagen.«

Ihr Lächeln ließ nach. »Dass du mir gefolgt bist in deinem unauffälligen Porsche, das hab ich gemerkt. Ursprünglich wollte ich zur Mitteralm, doch als ich dich bemerkt habe, habe ich mich für diesen Wildbach entschieden. Ich wäre auch ohne deine Hilfe wieder rausgekommen. Allerdings war die Strömung wilder, als ich dachte.«

Vor lauter Enttäuschung und Ärger wäre er am liebsten sofort gegangen. Geh du doch allein auf deinen Scheiß-Berg! Ich wollte eh nie mit. Welches Spiel trieben die beiden mit ihm?

Von einem Moment auf den anderen änderte sich die Stimmung. Sie tat etwas, das er nie und nimmer erwartet hatte. Sie nahm seine Hand in die ihre, sie hielt sie fest, fuhr mit den Fingern langsam, fast zärtlich, die Verzweigung der Adern entlang, sah ihn lange an und sagte nichts, kein einziges Wort.

Als sie kurz vor dem Absprung nach oben waren und sich auf den Aufstieg vorbereiteten, wurde ihm klar, dass er mit dem Gang in die Hütte nur eine Warteschleife hatte drehen wollen. Je entfernter dieser Berg, desto besser für ihn.

Er kannte diesen Zustand. Dringe in ein Haus ein, in dem ein bewaffneter Täter lauert, du wirst es nur unter grässlichen Angstgefühlen tun. Diese Angst überwinden zu müssen erzeugte ein eigenartiges, hilfloses Gefühl. Doch sie würde überwunden werden. Es bedurfte nur allergrößter, oft fast übermenschlicher innerer Anstrengung. Okay, Lydia hatte Vertrauen zu ihm gefasst, er würde sie hinaufbegleiten. Doch er musste vorsichtig sein. Wollte sie ihm wieder eine Falle stellen?

Ottakring wischte sich die Schweißtropfen von der Oberlippe. Er befand sich im selben Zustand wie bei einer Mörderjagd. Der unbekannte Täter, sein Gegner, war dieses Mal der Berg, der dort oben auf ihn wartete.

***

Der Gipfel wurde von der späten Morgensonne beschienen, sein Gestein leuchtete wie von innen heraus.

»Schau dir das an«, rief Lydia, die immer noch voranging, über die Schulter zurück.

Ottakring brummte etwas Unverständliches vor sich hin. Er hatte andere Sorgen. Frau Huber hatte er an die Leine genommen. Noch ein Wesen, für das er verantwortlich war.

Bei jedem Höhenmeter, den sie zurücklegten, zog sich der Ring, der sich um seine Brust gelegt hatte, enger zusammen. Als sie in die Region gelangten, von der aus man die Inschrift im Gipfelkreuz fast lesen konnte und ein Stahlseil den Pfad als Sicherung säumte, machte er kurz halt und ließ alle Luft ab, die in ihm war. Er ging in die Knie und streichelte den Kopf der Hündin. Sie reckte sich wohlig ihm entgegen.

»Was ist, hast du Probleme?«

Ja, hatte er. Aber sollte er das preisgeben? Er kniff die Augen zum Schutz vor der Sonne zusammen, atmete tief durch und machte sich mit der Hündin wieder auf den Weg.

Lydia war stehen geblieben. »Sag, Joe, du wirkst nicht grad wie ein kühner Bergsteiger. Möchtest du umkehren?«

Ja, wollte er. Eigentlich. Doch es war absolut nicht sein Ding, sich eine Blöße zu geben. Jedes oberbayrische Schulkind würde diesen Weg auf einem Bein machen. Und er? Er gab sich einen Ruck und ließ die Frau hinter sich. Er erwartete einen bissigen Kommentar. Sie aber trottete schweigend zwei Meter hinter ihm her, er hörte sie schnaufen.

Die Angst wuchs. Das Gipfelkreuz war fast in Griffweite, er musste sich entscheiden. Der Gang der Ereignisse begann ihn einzuholen.

Er war verstört, als sie die letzten Schritte taten. Die Gipfelfläche hatte nicht die Ausdehnung eines Fußballfelds, eher die der Notaufnahme im Klinikum, und war durchsetzt von Latschenkiefern. Frau Huber missbrauchte die kleine Landschaft für ein ausgiebiges Bedürfnis an einem wuchtigen Felsen.

Der eine Blick genügte. Ottakring zog zuerst den Hund, dann sich selbst zurück, es ging eine Etage tiefer.

»Wo wollt ihr hin?«, kam es von Lydia. »Kommt doch rauf! Eine herrliche Sicht heute. Man sieht sogar den Fernsehturm in München.« Ihre Stimme jedoch klang seltsam nervös.

Ottakring spürte momentan kein übermäßiges Interesse an Fernsehtürmen. Ihm war mehr nach Flucht. Frau Huber saß vor ihm und linste ihn fragend an, als könnte sie ihn verstehen. »Nein, ich bleibe hier«, rief er aus seinem Versteck hinauf.

»Na gut. Ciao, Joe.«

Danach hörte er nichts mehr. Es war absolut still. Beklemmend still.

»Lydia?«, rief er endlich so leise, als wollte er sie nicht wecken. »Lydia?«

Frau Huber quietschte. Es war kein Winseln, was sie von sich gab. Es war ein unnatürliches Quietschen. Sie sah ihren Herrn aus großen Augen an, als verstünde sie die Welt nicht mehr.

Auch Ottakring wurde unruhig. Für eine Weile hörte er keinen Ton mehr von Lydia. Ein stürmendes Schweigen. Dann aber, urplötzlich, ein gellender Schrei, wie in Todesangst.

Er nahm allen Mut zusammen und robbte ein kleines Stück bergauf. Erde bröckelte, ein Ast knackte. Ihm kam es wie eine kleine Ewigkeit vor, bis er über die Kante lugen konnte.

Der Schrei verebbte, als ob sich ein weißes Tuch gemächlich über ihn gelegt hätte. Bis Ottakring auf Ellbogen an der Kante lag, war es wieder still geworden.

Totenstill.

Lydia war nirgends zu sehen, obwohl die Fläche nicht groß und recht gut überschaubar war. Es sei denn, sie hatte sich mutwillig hinter den Latschen versteckt.

»Lydia?«

Nichts. Nur zwei Dohlen kämpften über ihm um ein Stück Beute. Frau Huber wollte springen, doch Ottakring hielt sie am Boden.

Lydia, die attraktive, aktive Frau, die forsch vor ihm her den Berg hinaufmarschiert war, war spurlos verschwunden. Ottakrings Instinkt war hellwach. Hatte sie sich hinabgestürzt? Und er hatte erbärmlich versagt, weil er sich von ihren harmlosen Erklärungen hatte täuschen lassen?

Souverän war anders. Nein, er fühlte sich der Situation nicht gewachsen. Erschreckt und nervös suchte Frau Huber am Gipfel jeden Quadratzentimeter Boden ab. Er war sich sicher, hielte Lydia sich dort oben auf, würde die Hündin sie garantiert aufstöbern.

Er rief noch einige Male ihren Namen in alle Richtungen, dann schien es gewiss: Lydia Graumann war verloren gegangen. Realistischer ausgedrückt: abgestürzt. Mit zitternden Händen holte er sein Handy hervor und wählte den Notruf.

»Hallo, ich habe einen Bergunfall zu melden.« Er berichtete, was geschehen war, und gab seine Position durch. Frau Huber bellte zustimmend.

»Bleiben Sie, wo Sie sind, wir sind bald da«, hieß es.

Ottakring merkte sich die Uhrzeit. Tatsächlich, es dauerte keine zwanzig Minuten, da hörte er das Tschoptschoptschop eines Hubschraubers. Er war mit drei Personen besetzt, eine winkte ihm von oben zu. Sie rief etwas, das er wegen des Fluglärms nicht verstehen konnte. Doch er glaubte, von ihren Lippen ablesen zu können: »Wo ist die Person?«

Er deutete nach unten. Kurz darauf suchten sie im Hubschrauber die Gegend unterhalb des Gipfels ab. Der Lärm wurde vom Berg hörbar geschluckt.

Ottakring war unschlüssig. Sollte er bleiben oder den Abstieg beginnen? Er entschied sich fürs Bleiben, solange der Hubschrauber noch hier kreiste. Er leinte Frau Huber wieder an, lehnte sich an einen flachen Felsblock und wartete ab.

Lydia Graumanns unnatürlich verstümmelter, blutbefleckter Körper wurde an der Westseite hundert Meter unterhalb des Gipfels auf einem Wandvorsprung gefunden. Es waren keine Lebenszeichen wahrnehmbar. Die Frau wurde vom Hubschrauber ins Tal gebracht, wo bereits Notarzt, Ambulanz, Polizei und Spurensicherung warteten.

Als Kriminalrat Ottakring nach rascherem Ab- als Aufstieg die Unfallstelle passierte, war von den Helfern und Fahndern nichts mehr zu sehen.

Er konnte nicht voraussehen, was sich gegen ihn zusammenbraute.

7

Über das Foto, das seitlich des Sargs auf einer Staffelei stand, lief ein geripptes schwarzes Trauerband. Ein Gedenkband für Lydia Graumann. Auf ihrem leblosen Gesicht lag das nachsichtige Lächeln, das Joe Ottakring mehrfach in der letzten Zeit entgegengeschienen hatte.

Die kleine Grabkirche in der Leichenhalle war gut gefüllt. Der Pfarrer stand etwas erhöht, er sprach zu dem Foto hinab. Er nannte Lydia »liebe, verehrte Frau Graumann«. Er erwähnte, dass sie ihren Urgroßvater wie einen Heiligen verehrt habe. Durch unglückliche Umstände bei einer Bergtour habe sie sich in einem Strauch verfangen und sei in einen Abgrund gestürzt.

Ottakring war, als er neben Frau Huber gekauert und die Bergoberfläche genau betrachtet hatte, weit und breit auf keinen Strauch aufmerksam geworden. Es hatte dort droben keinen einzigen Strauch gegeben! Nur Latschen und Felsen. Lydia konnte sich also gar nicht verfangen haben. Sie musste sich aus freiem Willen hinuntergestürzt haben. Dass sie in den Abgrund gestolpert sein sollte, hielt er nach allem, was geschehen war, für mehr als unwahrscheinlich.

Er warf einen Blick hinüber zu Fred Graumann, der gleich neben der Oberbürgermeisterin stand. Graumann verzog während der gesamten Andacht keine Miene. Keine Spur von Trauer, Bestürzung oder wenigstens Berührung war zu erkennen. Eine Maske wie in Stein gemeißelt. Lydia hatte angedeutet, dass Fred auf Abstand zu ihr gegangen war. Das zumindest schien gestimmt zu haben.

Bei der Trauerfeier für seinen damals neunjährigen Sohn, den Schorschi, hatte Ottakring eine Riesenmühe gehabt, die Flut der Tränen zurückzuhalten, die sich hinter seinen

Augen gesammelt hatte. Johanna, seine damalige Ehefrau, hatte sich gegen ihn gestellt. Um aller Welt zu zeigen, dass sie ihm die alleinige Schuld am Tod ihres gemeinsamen Sohnes gab, hatte sie sich aus Protest während der Trauerfeier in der Friedhofskirche hinter einer Säule platziert.

Hatte er nach Schorschis Tod nun auch bei Lydia Graumann Schuld auf sich geladen? Er bekam den Gedanken schon seit ihrem Absturz nicht mehr aus dem Kopf. Was hätte er tun können? Er hätte verhindern müssen, überhaupt auf diesen Berg zu gehen. Schließlich hatte er um seinen persönlichen Zustand gewusst, ihm war bekannt gewesen, dass der letzte Aufstieg steil und ausgesetzt war und dass er damit enorme Probleme haben würde. Auch um die Suizidgedanken der Frau hatte er gewusst.

Eine lange Schlange bildete sich, als die Menge der Trauergäste dem Sarg nach draußen folgte.

»Das werd ich dir nie vergessen!«, hörte Ottakring dicht neben seinem Ohr jemanden flüstern. Es klang nicht freundlich.

Fast erschreckt sah er sich um. Sein Schulfreund Hans Graumann schritt hinter ihm und hatte sich nach vorn gebeugt.

»Du solltest Lydia beschützen und sie nicht den Berg hinunterjagen! Durch deine Schuld ist sie nun tot.«

Ottakring blieb stehen. Er hielt zwar den Trauermarsch auf, doch er blieb stehen. Er konnte nicht fassen, was er da gehört hatte. Er hielt Hans Graumann an beiden Armen fest und sah ihm in die Augen. »Das glaubst du doch nicht im Ernst«, sagte er.

Sein Freund versuchte, den Griff abzuschütteln. Das misslang. »Nicht jetzt. Nicht hier«, zischte er. »Wir sprechen uns nachher im Wirtshaus.«

Ottakring ließ von ihm ab.

Lydias Beisetzung mit der Zeremonie am Grab ging

komplett an ihm vorüber. Er hätte wohl nicht einmal sicher sagen können, dass er dabei gewesen war, hätte man ihn später gefragt. In seinem Kopf herrschte Chaos. Starke Zweifel kämpften mit dem Glauben an ihn selbst. Er hätte bedenken müssen, dass seine Höhenangst zur Gefahr werden konnte. Von seiner Schwäche wusste Ottakring schließlich nur allein.

Dass Hans Graumann ihm nun auch noch die Schuld gab, nachdem er die gemeinsame Bergwanderung selbst miteingefädelt hatte!

Moment mal. Er allein? Sofort schoss ihm die Erinnerung durch den Kopf. Freilich! Hans wusste selbstverständlich von Schorschis Tod und wie alles geschehen war. Gewiss hatte er von dem Trauma, das Ottakring seither beherrschte, Kenntnis oder zumindest eine Ahnung, und selbstverständlich zog er daraus jetzt seine Schlüsse, was Lydias Tod anging. Ottakring würde sich also warm anziehen müssen.

Als er vor dem Restaurant stand, erwog er, gar nicht erst zum Leichenschmaus hineinzugehen. Von solch einer unappetitlichen Feier hielt er generell sowieso nichts. Er hatte schon erlebt, dass die Menschen sich dabei betranken, dass sogar gesungen und getanzt wurde.

»Da bist du ja endlich!« Graumann hatte ihn am Arm gepackt und zog ihn fort in einen Nebenraum des vollen Lokals. Dort setzte er sich auf die Fensterbank aus Stein.

Ottakring stand ihm unruhig gegenüber.

»Ich habe veranlasst, dass gegen dich Anzeige erstattet wird wegen fahrlässiger Tötung …«

Ottakring erstarrte. Sein Freund zeigte ihn an! Er lachte nervös.

Für Sekunden tauchten Bilder auf. Den Schorschi sah er über das Schotterfeld hinweg abstürzen und zerschmettert daliegen, von einer Reifschicht bedeckt. Vom folgenden Gedanken an Lydia wurde diese Erinnerung überlagert. Das

Unglück hatte er nicht kommen sehen. Er hatte sich regelrecht versteckt, das warf er sich seither unablässig vor. Doch hätte er es verhindern können? Eher wäre er selbst in die Tiefe gestolpert und gestürzt.

»Du bist ein wahrer Freund, Hans«, sagte er. Enttäuschung schwang in seiner Stimme mit. »Ich wollte dir in einer Notsituation helfen. Ich habe dir geholfen. Dass das in dieser Weise aus dem Ruder lief, konnte niemand voraussehen. Entweder Lydia ist gestrauchelt und dann gefallen. Oder sie wollte sich hinunterstürzen. Was hätte ich tun sollen?«

Hans Graumann plusterte sich auf. »Mein Sohn vertraut dir seine Frau an. Du sollst auf sie aufpassen. Du kennst ihren Zustand, du weißt, dass sie selbstmordgefährdet ist.« Graumanns Augen sprühten Blitze. »Deine Schuld! Nie und nimmer hättest du sie allein lassen dürfen, Herr Ottakring! Schon gleich nicht an solch einer gefährlichen Stelle wie auf dem Gipfel eines hohen Berges. Hast du schon einmal überlegt, was du meinem Sohn angetan hast? Das kannst du niemals mehr gutmachen.«

Joe Ottakring war Kriminalist, erfahren in der Analyse von Vorgängen und der nüchternen Auseinandersetzung mit dem entstandenen Problem. Doch hier war er emotional so nahe dran, dass sein sonst so kühler Verstand stotterte.

»Ich bin kein Bergführer und erst recht kein Aufpasser«, gab er zur Antwort. »Eine erwachsene intelligente Frau wie Lydia kann selbstständig urteilen. Wenn sie meiner Hilfe bedurft hätte, wäre sie auf mich zugegangen. Ist sie aber nicht. Sie schien sich dort oben völlig im Griff zu haben, hat mit mir offen über ihre nicht allzu glückliche Ehe gesprochen. Hätte ich wissen können, was sich in ihrem Kopf abspielt? Hä?« Er legte den Kopf schief.

»Ich sag dir's. Nein, hätte ich nicht. Ihr zwei, dein Sohn und du, wusstet, dass sie psychisch offenbar nicht sehr stabil war. Wenn ihr jedes Risiko hättet ausschließen wollen, hättet ihr sie vierundzwanzig Stunden an die Hand nehmen oder festbinden müssen.«

Durch die geöffnete Tür war bisher das gleichmäßige Rauschen der Gespräche im Restaurant zu hören gewesen. Gedämpftes Gemurmel wechselte sich mit plötzlichem Aufwallen und unpassendem Gelächter ab. Der Geräuschpegel war gleichmäßig hoch geblieben. Es war ein beinahe monotones Fließen von Wirtshausunterhaltung. Doch auf einmal schlug die Stimmung um.

»Du wagst es, zu ihrer Beerdigung zu kommen?« Fred Graumann kam mit einer Zigarette in der einen Hand und einer Tasse Kaffee in der anderen in den Raum und stellte sich an den mit Illustrierten und Zeitungen übersäten Tisch.

Ottakring stand mit dem Rücken zum Fenster und fröstelte, obwohl draußen die Sonne schien. Er begann die Situation zu hassen. Doch sich unterkriegen zu lassen, das lag ihm fern. Er musste in die Offensive gehen.

Er stieß sich mit dem Rücken an der Fensterbank ab und ging langsamen Schrittes auf Fred Graumann zu. Betont breit baute er sich vor ihm auf. »Fred«, sagte er. Sonst nichts.

Der junge Graumann war einen halben Meter zurückgewichen. »Ja?«, sagte er. In einem wesentlich gemäßigteren Ton als eben.

Ottakring steckte beide Hände in die Hosentaschen. Er ballte die Hände zu Fäusten. »Ich fühle mit dir.« Nach einem schnellen Blick auf Freds Vater wandte er sich auch an ihn. »Und mit dir.« Der Kriminalrat war kein Mann vieler und bedeutsamer Worte.

»Scheißkerl!« Der Sohn funkelte ihn an. »Sie haben meine Frau auf dem Gewissen!«

Es war fast wie damals, als Johanna, Schorschis Mutter, ihn über und über mit Schmutz bewarf. Mit den übelsten Worten hatte sie ihn beschimpft. Etwas, worauf Ottakring seither sehr empfindlich reagierte. Er spürte das Verlangen, einfach aus dem Raum zu gehen und die beiden stehen zu lassen. Der Taktiker in ihm widersprach.

»Jetzt kriegt euch mal wieder ein, ihr zwei«, begann er sanft. »Weder habe ich Lydia gezwungen, diesen Berg zu besteigen, noch war ich begeistert, als sie mich darum bat, sie zu begleiten. Du, Hans, weißt, weshalb. Ich war erschüttert, als ich merkte, dass Lydia verschwunden war und offensichtlich abgestürzt sein musste. Die Fläche dort oben ist zwar nicht groß, aber brettleben. Kein Grund also, versehentlich abzustürzen. Wenn sie absichtlich in den Tod gegangen ist, hätte sie jede andere Todesart auch wählen können. Ich hätte sie daran nicht hindern können. Um sie davon abzuhalten, hätte es niemand Besseren gegeben als ihren Ehemann. Als Sie, Fred. Fassen Sie sich also an die eigene Nase und suchen die Schuld nicht bei anderen.«

Beide Graumanns schauten sich an. Ottakring konnte keine Regung erkennen. Sollte er noch weiter diesen Blödsinn mit ihnen diskutieren? Er beschloss, dass sie ihn für den Augenblick nichts mehr angingen.

Er nahm die Hände aus den Taschen, stieß einen Grunzlaut aus und ging freundlich nickend an den beiden vorbei. Ohne nach links und rechts zu blicken, durchquerte er das Restaurant. Als er auf der Straße stand, atmete er durch. Lärm und Krach lagen hinter ihm.

***

Dieser Umstand hielt nur etwas länger als eine Woche an. An diesem Donnerstag nämlich wurde es ernst. Rico Stahl, sein Nachfolger in der Mordkommission, rief an.

»Ich will dich nur vorwarnen, Joe. Obwohl ich es eigentlich nicht dürfte, wie du weißt. Wir haben ein Ermittlungsverfahren gegen dich auf dem Tisch. Fahrlässige Tötung. Eine Lydia Graumann. Kannst du damit etwas anfangen?«

Hans Graumann hatte seine Drohung also wahr gemacht! Ottakring hatte das nicht für voll genommen.

»Danke, dass du mich informierst, Rico«, sagte er. »Ich hab so eine Ahnung, woher dieser Wind weht. Doch ich bin unbesorgt.«

8

Der Wind wehte schwach in Rosenheim. Meistens spürte man ihn kaum. Die Meteorologen hatten vorhergesagt, dass den regnerischen Spätsommertagen ein paar freundlichere folgen würden. Seit gestern hatte nichts ihren Prognosen widersprochen.

Am Abend zuvor, als Janne Thaler von dem Kurzurlaub in ihrer Tiroler Heimat zurückgekommen war und lustlos eine Mahlzeit zubereitet hatte, die sie noch lustloser in sich hineinstopfte, hatte sie mehrfach versucht, ihren Auftraggeber zu erreichen. Sie hatte es auf Festnetz versucht, dann auf seinem Mobiltelefon, beides vergeblich.

Die Balkontür war geöffnet, um den Streifen Sonne hereinzulassen, den das große Haus gegenüber noch freigab. Beide Gebäude, das gegenüberliegende und dieses, in dem Janne wohnte, lagen am westlichen Ende der Heilig-Geist-Straße. Ein Bauwerk aus dem Frühbarock, das unter Denkmalschutz stand. Es war in gutem Zustand und wurde alle paar Jahre frisch verputzt und gestrichen. Der frühere Besitzer, Aaron Eichbaum, ruhte gleich nebenan auf dem städtischen Friedhof.

Janne musste zugeben, dass sie nicht weiterkam. Sie war Goldschmiedemeisterin. Zwar redete sie sich – jedoch ohne großen Erfolg – ein, dass sie viel zu tun habe. Seit dem Frühjahr nahm sie privaten Schauspielunterricht, bekam hie und da einen kleinen Handwerksauftrag, doch wenn sie ehrlich war, musste sie sich eingestehen, dass sie aktuell vorwiegend von der Unterstützung ihres Auftraggebers lebte. Deshalb fehlten ihr zu einer Vergrößerung ihres Geschäfts Mut und Geld, seit einiger Zeit zog sie sogar in Erwägung, aushilfsweise als Bedienung in einem Restaurant zu arbeiten.

Wenn sie während ihrer Tage in Tirol etwas anderes getan hatte, als nur die Sonne zu genießen und ihrem Vater Gesellschaft zu leisten, dann war es, an ihren ungewöhnlichen Auftrag zu denken, der sie immer wieder in einen seelischen Zustand der Verunsicherung zwang. Sie konnte sich nicht entscheiden, ob es unrecht war oder sie dem Mann nur einen – gut entlohnten – Gefallen tat. Über all das wollte sie mit ihm sprechen, deshalb hatte sie versucht, ihn anzurufen.

Sie sah auf die Uhr. Es war halb neun in der Früh. Sie raffte sich auf, aus dem Haus zu gehen. Gern hätte sie vorher eine Freundin angerufen und sie gefragt, ob sie nicht mitkommen wolle. Doch Janne hatte keine Freundin, jedenfalls nicht hier in dieser Stadt. Sie hatte nur ihn, und ihn konnte sie nicht erreichen.

Also warf sie ein Kleid über, band einen Gürtel um, schüttelte ihr Haar zurecht, schloss ab und stieg die Treppe hinunter.

»Grüß Gott, Frau Thaler!«

Der Lästige aus dem zweiten Stock.

»Sie müssen was einkaufen, stimmt's? Nehmen Sie das Auto, oder gehen Sie zu Fuß? Sehen Sie aber wieder gut aus in dem Kleid. Darf ich Sie begleiten? Ich hab zufällig grad Zeit.«

Bloß kein positives Zeichen geben! Lästig ist er eh schon, nachher wird er noch aufdringlich. Außerdem verstieß es gegen die Spielregeln, die ihm ihr Auftraggeber auferlegt hatte. So anonym wie möglich bleiben, keine unnötigen Kontakte!

»Nein, Herr Martin, ich bin schon verabredet, vielen Dank.«

»Oh, das ist aber schade. Vielleicht beim nächsten Mal. Oder gehen Sie gern ins Kino? Es gäbe da –«

Und schon war sie draußen. Sie hatte gerade noch den letzten Blick erhaschen müssen, den Herr Martin ihr nachwarf. Dieser Blick hätte ein Wildschwein zum Heulen gebracht.

Acht Minuten Fußweg später stand sie am Max-Josefs-Platz. Im Süden winkten die Gipfel des Zahmen und Wilden Kaisers herüber. Nicht mehr lange, dann würden sie in blinkendem Weiß erstrahlen. Janne Thaler atmete die frische Morgenluft ein, sie fühlte sich gut.

Autos mit auswärtigen Nummern schlichen über die schmale Heilig-Geist-Straße Richtung Innenstadt, um einen Parkplatz oder ein Parkhaus zu finden. In der Hochsaison kam es hier regelmäßig zu Staus.

Fast wäre sie – ganz in Gedanken – in einen der Stadtbusse hineingestolpert, der am Busbahnhof rechts abbog. Er hupte rechtzeitig, sie erschrak und stoppte, der Fahrer winkte und lächelte ihr zu; ob freundlich oder ironisch, war nicht zu erkennen.

Als sie danach die Straße überquerte, hatte sie die Postkartenidylle der typischen Bürgerhäuser am Max-Josefs-Platz vor sich, für sie der attraktivste Anblick in der gesamten Stadt. Am Nepomuk-Brunnen hielt sie inne. Das Wasser aus dem Speier des Zierbrunnens rauschte ihr in den Ohren, und die Umrisse der Gebäude spiegelten sich im Wasser. Die Stimmung kam ihr vor wie im Märchen.

Das Straßencafé war Jannes Ziel. Es war bekannt für sein Brot und die zugehörigen Aufstriche in allen möglichen Variationen. Auch der Kaffee war von guter Qualität, sie hatte ihn schon probiert. Sie warf einen kurzen Blick ins Innere, kaum Gäste, sie entschied sich, draußen an einem der dicken Holztische Platz zu nehmen.

Wie auf Kommando stand eine Bedienung mit weißer Schürze und langem Zopf bei ihr. »Im Angebot heute …« Sie leierte kurz etwas herunter.

Janne unterbrach. »Nur einen Cappuccino bitte. Ach ja, gibt's schon Lebkuchen?« Lebkuchen gehörten zwar zum Sortiment der Weihnachtszeit, doch vielerorts begann das schon kurz nach dem Osterhasen.

Die Zopfige kicherte. »Hey, wir haben September. Die gibt's in zwei Monaten. Kann ich Ihnen stattdessen ein Stück Kuchen anbieten?« Ihr Angebot reichte von Marillenkuchen bis zur Tiroler Apfelzwetschgenschnitte. Weiter kam sie nicht.

»Danke, dann nur den Cappuccino.«

Die Warterei begann.

***

In der Nacht hatte Joe Ottakring einen Traum.

Er war wieder am Berg. Er marschierte mit Lydia auf einem schmalen Pfad zwischen steilen Felsen bergauf. Es war Winter geworden, tiefer, eiskalter Winter. Sie bewegten sich durch knöchelhohen Schnee. Das Seltsame war, dass Lydias Stiefel keine Spuren hinterließen, sie schien zu schweben, beide Füße knapp über dem Untergrund. Sie unterhielten sich über etwas, er konnte sich selbst im Traum später nicht mehr daran erinnern, worüber. Je weiter sie nach oben kamen, dem Gipfel näher, desto höher schwebte Lydia über dem Schnee.

Plötzlich hörte er eine Stimme. Es war eine Kinderstimme. Es war Schorschis Stimme. Schorschi rief seinen Namen. Er rief nicht »Papa«, so wie er es immer getan hatte, nein, er rief »Joe«, mit viel zu hoher Stimme. Als sie gemeinsam oben aus dem Wald traten und die letzten Bäume hinter sich ließen, öffnete sich eine Lichtung. Die Rufe waren immer lauter geworden, zuletzt schrill vor Angst. Und Lydia schwebte noch immer, jetzt kniehoch über dem Boden, wie Jesus über den See. Sie hatte die Arme ausgebreitet und begann zu fliegen. Horizontal in der Luft.

»Willst du deinen Sohn nicht retten?«, erklang es engelsgleich. Und plötzlich, von einem Augenblick zum anderen, war Lydia verschwunden, verschluckt vom grellen Blenden der Sonne, das da oben sichtbar wurde.

Das Rufen hörte nicht auf, doch der Klang veränderte sich. Es waren auf einmal zwei Stimmen. Schorschi und Lydia. »Joe! Joe! Josef!« Auch die Richtung hatte sich geändert, aus der die Stimmen kamen. Sie erschallten eindeutig von unten, aus dem Abgrund, der sich dort hinter den Bäumen auftat.

Ottakring wollte zum Rand vorstoßen, doch er konnte sich nicht mehr bewegen, er war wie gelähmt. Die Schreie wurden flehentlich, beide klangen wie in höchster Not. Er wollte helfen, doch seine Füße klebten fest, er war bewegungslos. Er spürte den rasenden Drang, sich in den Abgrund zu stürzen, dorthin, woher die Hilferufe kamen. Voller Verzweiflung versuchte er, die Beine vom Boden zu lösen und sie zu bewegen …

»Joe!«

Noch eine Stimme, die ihn rief. Eine Stimme, die anders klang und gar nicht engelsgleich war. Lolas Stimme.

»Joe, was hast du? Du trittst mich mit Füßen! Wach auf, Joe, mein Schatz!«

Mit einem Ruck wachte er auf. Noch immer war der Traum klar und durchsichtig. Doch das änderte sich schlagartig, als Lola ihn beim Arm nahm und schüttelte.

»Was hast du geträumt? War's wieder der Schorschi?«

Er setzte sich auf und wischte sich über die Stirn. Kalter Schweiß. »Ja, der Schorschi.«

Doch an viel mehr konnte er sich nicht erinnern. Erst als später die Morgensonne am Himmel stand und sie gemeinsam frühstückten, fiel ihm ein Bruchstück wieder ein. »Und die Lydia. Die Lydia hat auch mitgespielt. Es war ein schrecklicher Traum.«

Lola sah ihn nachdenklich an und strich ihm über die Haare. »Ja, du musst das alles erst einmal verdauen. Das kann dauern. Zwei Bergunfälle, und das bei deinem Drehwurm.«

Selbst als Lola zu ihrem Dienst gefahren war, war es ihm

noch nicht gelungen, sich von dem Gefühl zu befreien, mitten in diesem Alptraum gefangen zu sein, von dem er kaum noch etwas wusste. Ein sehr, sehr seltsames Gefühl. Es war, als hätte er sich in diesem Traum ein wenig in Lydia verliebt, ohne zu wissen, weshalb. Ich alter Sack mit dieser jungen Lydia, musste er denken und schob die Emotionen beiseite. Doch sie ganz verschwinden zu lassen glückte ihm nicht.

Sein Befinden hielt noch an, als er sich entschloss, den vielversprechenden Tag zu nutzen und nach Rosenheim zu fahren, »in die Stadt«.

Als er den Wagen abgestellt hatte, war er unruhig und immer noch angespannt, die Aufregung der Nacht wirkte unangenehm nach. Zudem musste er damit rechnen, zu einer Vernehmung einbestellt zu werden. Er, Kriminalrat Josef Ottakring, als Beschuldigter. Etwas ruhiger wurde er erst, als er vor dem Café am Max-Josefs-Platz stand.

Seit zwei Minuten hatte Janne Thaler ihren Cappuccino vor sich stehen und überlegte, ob sie sich nicht doch ein Stück Kuchen leisten sollte. Erdbeer-Sahne oder den phantastischen Tiroler Apfel-Kirsch mit Nüssen und Honig, den sie schon kannte. Da streifte ein Mann an ihrem Tisch vorbei, dessen Rückenansicht sie zu kennen meinte. Sie erschrak nicht, hatte jedoch ein ungutes Gefühl. Er trottete ins Innere des Cafés und verschwand hinter der Spiegelung der Glasscheibe.

Janne griff sich an den Hals.

»Ein Weißbier bitte!«

Er musste dieses Gefühl loswerden. Das Schaurige aus dem Traum und das Liebliche, sich in eine Tote verliebt zu haben. Pervers, widerwärtig. Ottakring liebte nur Lola.

Doch pervers war auch, sich um halb zehn in der Früh ein Weißbier zu bestellen, musste er zugeben.

»Kann ich das umtauschen gegen einen Kaffee?«

Die nette Bedienung, die ihm von früheren Besuchen her bekannt war, sah ihn an, als hätte er ihr auf den Hintern geklopft. Er erwartete Widerspruch.

»Des tät i ja macha. Aber was mach ich mit dem Bier um hoiba zehne in der Früah? Des drinkt mir doch koaner.«

Sie war eben eine Nette. Eine ganz eine Nette. Das volle Weißbier stand eine halbe Stunde später noch immer neben dem beschäftigungslosen Zapfhahn. Ottakring jedoch hatte seinen doppelten Espresso gehabt. Es musste doch verdammt noch mal möglich sein, auch ohne Alkohol die gute Laune – oder wenigstens eine erträgliche Laune – wiederzubekommen.

Versonnen ließ er den Blick durch den Raum schweifen. Nur vereinzelte Tische waren mit Männern besetzt, die Zeitung lasen. Drüben in der Ecke eine junge Frau im Dirndl mit Kinderwagen. Draußen saß eine andere Frau allein an ihrem Tisch. Flackernde Sonnenreflexe spielten vor ihr auf dem hellen Tisch.

Ein Schauer lief ihm den Rücken hinunter. Er wandte die Augen ab, fixierte seine Espressotasse und äugte wieder hin. Lydia! Eine Frau, die aus der Entfernung aussah wie Lydia Graumann. Verblüffend, diese Ähnlichkeit. Wieder strömte dieses Gefühl in ihm empor. Ein Gefühl wie Verliebtsein. Das konnte nicht sein, durfte nicht sein.

Nur – diese Frau da draußen, die er noch nie zuvor gesehen hatte, besaß eine unglaubliche Anziehungskraft. Ihr langes, im Sonnenlicht rötlich scheinendes Haar hing weit über die Stuhllehne, sie hatte das linke Bein über das rechte geschlagen. Vor sich eine Illustrierte, daneben einen Kaffee. Sie trug ein langes geblümtes Kleid, mit dessen Schlichtheit ihre einzigen Schmuckstücke, eine Halskette und ein Armreif, kontrastierten.

Allein dieses Erscheinungsbild erinnerte an Lydia, ebenso

die Mundpartie mit den etwas nach unten gezogenen Mundwinkeln.

Als sie umhersah und bemerkte, dass sie beobachtet wurde, fuhr sie sich mit der Rechten durchs Haar und rückte die perfekt sitzende Sonnenbrille zurecht. Es war eine leicht verlegene Geste, als wolle sie sich dafür entschuldigen, hier zu sitzen.

Ottakring verspürte einen fast unwiderstehlichen Zwang, hinzugehen und sich mit ihr zu unterhalten. Allein schon, um diese Frau aus der Nähe zu sehen.

Als er seinen Kaffee bezahlt hatte, schlenderte er auffallend lässig nach draußen, um seinen alten Trick anzuwenden. Er streifte knapp an ihrem Tisch vorbei und stieß dabei versehentlich an ihre Kaffeetasse. Die Tasse fiel um. Klassischerweise hätte sich nun die Flüssigkeit über Kleid oder Rock ergossen. Doch die Tasse war leer. Sie polterte holprig über den Tisch.

»Oh Verzeihung«, sagte er und spiegelte größtmögliches Entsetzen vor.

Sie lächelte schmal. »Ich bitte Sie«, sagte sie. Ihre Stimme der absolut melodischen Art klang ruhig. Doch erinnerte sie ihn auch an Lydias Stimme? »Das war bestimmt nicht mit Absicht.« Nach einer fast unmerklichen Pause, während deren er sich schon entfernen wollte, setzte sie hinzu: »Oder?« Nein, Lydia sprach anders. Oder?

Eigentlich hatte er nur darauf gewartet, zugeben zu dürfen, dass er sich danebenbenommen hatte. Er hätte so gern den Ausdruck und die Farbe ihrer Augen gesehen. Doch sie nahm die Sonnenbrille nicht ab.

Die Tasse lag noch immer gekippt auf dem Tisch. Er langte hin und richtete sie auf. Dabei berührte er leicht ihre Schulter. Er zuckte zurück.

»Keine Angst, ich beiße selten«, sagte sie lachend.

Ottakring war irritiert. Irritiert von ihrer Selbstsicherheit, vor allem aber über sein eigenes Gefühl. Er hatte große Lust, enger mit dieser Frau bekannt zu werden.

So munter, wie er sich ihr genähert hatte, verschwand er wieder. Nach einem knappen Nicken war er weg. Keinen einzigen Blick warf er mehr zurück.

9

Das rote Lämpchen blinkte am AB, als er heimkam. Frau Huber begrüßte ihn überschwänglich, als habe sie ihn seit Monaten nicht gesehen. Sie hob zuerst einen Vorderlauf, dann den anderen. Sie scharrte am Fußboden.

»Kommissar Eberl hier. Herr Kriminalrat, bitte rufen Sie zurück. Der Chef sagt, Sie wüssten Bescheid.«

Aha, Eberl. Der Neue im Kommissariat. Er hatte von ihm gehört. Hatte die Staatsanwaltschaft die Ermittlung etwa doch eingeleitet? Außer dass er aus unbestimmtem Grund ein schlechtes Gewissen hatte, fühlte er sich unschuldig. Er drückte die programmierte Taste zum Kommissariat.

»Ottakring hier. Grüß Sie Gott, Herr Eberl. Was gibt's?«

Das Herumgedruckse am anderen Ende sagte dem Kriminalrat gleich, dass etwas nicht stimmte.

Es kam heraus, dass er zum Tod von Lydia Graumann angehört werden sollte. Sie vereinbarten einen Termin für den nächsten Morgen.

Dass wegen Lydias Tod noch etwas auf ihn zukommen würde, hatte er ja bereits erwartet. Ottakring war sich nur unschlüssig, ob er das Thema am Abend mit Lola besprechen sollte. Daher machte er einen langen Spaziergang am Inndamm entlang.

Als er nach einer knappen halben Stunde wieder kehrtmachte, hatte er sich entschieden: Er würde sich die Sache erst einmal selbst anhören. Lola neigte dazu, Dinge zu dramatisieren oder gar übertriebene Angst zu entwickeln.

Besser, er führte seine Frau einmal wieder zum Essen aus, sagte er sich, als er am Auto ankam. Chinesisch? Lange nicht gewesen. Oder zum Italiener? Er würde es ihr überlassen.

Sie suchten den Italiener auf und bestellten eine ganze Dorade, die Ottakring am Tisch filetieren ließ. Das Essen, die flotte Bedienung, ihr Platz in einer Ecke, die Beleuchtung – alles stimmte, beide fühlten sich pudelwohl.

Sie erzählten sich Geschichten, und Ottakring kam es vor, als wirkten sie wie ein Paar, das sich erst seit Kurzem kannte. Er war nie der große Entertainer gewesen, dafür war Lola als Moderatorin schon rein beruflich weit besser geeignet. Doch heute erfanden beide in ihren Erzählungen ihr Leben neu, holten weit aus und gruben langst verlorene Geschichten, auch gemeinsame, wieder aus.

Vielleicht, dachte Ottakring, verliebt man sich immer wieder, um immer und immer wieder neu auf seinem Leben herumzukauen.

Die Dorade war frisch und schmeckte ausgezeichnet. Es war ein reizender Abend. Er hatte große Mühe, nicht seine Anspannung wegen der morgigen Besprechung zu beichten.

***

Rico Stahl empfing ihn, stellte ihm Eberl vor und entfernte sich dann wieder. »Der Oberstaatsanwalt will bei deiner Anhörung dabei sein«, kündigte er als Letztes an.

Ottakring hatte schon vieles erlebt und war auf alles gefasst. Doch dass nun sogar der oberste Ankläger … Wollten sie ihm tatsächlich eine Verantwortung für Lydia Graumanns Tod zuschieben? Wohl fühlte er sich freilich in der gesamten Angelegenheit nicht. Er hatte sich wiederholt Vorwürfe gemacht und sich eingestanden, dass er Lydia, wissend um seine eigene Bergauntauglichkeit, nie und nimmer hätte auf den Brünnstein begleiten dürfen. Doch juristisch sah er sich eindeutig ohne Schuld.

Dieser Zahn sollte ihm bald gezogen werden.

Die Tür ging auf, und ein Mann, den Ottakring nicht

kannte, trat in legerer Zivilkleidung ein. Er stellte sich als Hauptkommissar Lukas von der Mordkommission München vor. Ottakring schätzte ihn auf Anfang vierzig.

»Man hat mich eigens aus München angefordert«, führte er aus, »um die Neutralität zu wahren.«

Ottakring hatte die Mordkommission München schon selbst geleitet, bevor er die Rosenheimer Organisation übernahm. Doch dieser Mann war ihm unbekannt. Beinahe amüsiert fragte er: »Bin ich denn hier als Beschuldigter? Oder wozu die beabsichtigte Neutralität?«

»Wir wollen Sie doch nicht von Ihren eigenen Leuten befragen lassen«, sagte der Mann, der durch die halb offene Tür hereinkam. Oberstaatsanwalt Schwarz trug einen grau gestreiften Anzug mit Krawatte. Er war in den Jahren der Zusammenarbeit zum Duzfreund Ottakrings geworden.

»Um deine Frage zu beantworten, Ottakring: Selbstverständlich bist du nicht beschuldigt. Wir wollen lediglich sichergehen, dass der Tod Lydia Graumanns keinen Schatten auf dich wirft. Allerdings musst du wissen, dass eine Anzeige gegen dich vorliegt wegen unterlassener Hilfeleistung. Genauer gesagt wegen fahrlässiger Tötung durch Unterlassung.«

Der dramatische Ausdruck schockierte Ottakring nicht. Er kannte das deutsche Strafgesetzbuch sehr gut. »Vom Schwiegervater der Toten, nicht wahr?«, sagte er.

Schwarz nickte. »Ganz recht.« Damit nahm er seitlich des Tisches Platz, an dem HK Lukas Ottakring gegenübersaß.

»Sie waren also mit Frau Graumann auf dem Brünnstein. Ein anspruchsvoller Berg, nicht wahr?« Kommissar Lukas hatte einen in Ottakrings Ohren unsympathisch klingenden norddeutschen Akzent.

Lukas erwartete offenbar keine Antwort. »Weshalb sind Sie mit Frau Graumann dort aufgestiegen? Sie kannten sich doch gar nicht näher?«

Ottakring versuchte, sich seinen unbehaglichen Zustand

nicht anmerken zu lassen. Er antwortete: »Hans Graumann, ihr Schwiegervater, ist ein Schulkamerad von mir. Er hat mich gebeten, ein bisschen auf seine Schwiegertochter aufzupassen. Dann bin ich mit ihrem Mann, Fred Graumann, in Kontakt getreten.«

Lukas nickte und lugte schräg zum Staatsanwalt. Der zeigte sich ungerührt.

Innerlich war Ottakring mehr und mehr entschlossen, die Sache möglichst abzukürzen. Er musste zusehen, dass ihm die Angelegenheit nicht entglitt. Die Gefahr bestand. Er beschrieb die Situation, als er Lydia wie ein Bodyguard durch die Stadt verfolgt und wie er sie zum ersten Mal getroffen hatte. Doch schon bei der aufwühlenden Rettung aus dem Gebirgsbach hakte der Kollege ein.

»Handelte es sich dabei um einen Selbstmordversuch? Die Frau wird von ihrem Mann als labil in dieser Beziehung bezeichnet. Wussten Sie das, Herr Ottakring?«

»Ja, Fred Graumann hat eine Bemerkung in diese Richtung gemacht. Ob der Sturz in den Gebirgsbach ein solcher Versuch war, kann ich nicht beurteilen. Ich hatte genug damit zu tun, sie herauszufischen. Der Grund dafür war zweitrangig.«

Seine Schilderung der gemeinsamen Bergtour auf den Brünnstein wurde von konsequentem Kopfnicken des Kommissars begleitet. Er unterbrach Ottakrings Erklärung nicht.

Oberstaatsanwalt Schwarz ging zum Fenster und öffnete es. Es war die erste Regung seit seinem Eintreten.

Die Verkehrsgeräusche von der Kaiserstraße waren nicht besonders aufdringlich. Von irgendwoher drang das gleichmäßige Rumpeln einer Betonmischmaschine herein, nur einmal unterbrochen vom aggressiven Knattern eines Leichtmotorrads.

Schwarz blickte kurz hinaus auf die Straße. Dann schloss er das Fenster wieder und kehrte an seinen Platz zurück.

Hatte Lukas Kenntnis von seiner Schwindelanfälligkeit?

Hatte Hans Graumann diese Gefahr bei seiner Befragung erwähnt? Ottakring wusste es nicht. Er beschloss, von sich aus hierzu zu schweigen.

»Sie haben also im Brünnsteinhaus Rast gemacht. Was geschah, als Sie dann auf dem Gipfel waren?«

Ottakring schilderte, dass er sich die Gegend betrachtet habe, während Lydia ein wenig herumgeklettert sei. »Ich habe ihr Verhalten für einen Ausdruck reiner Lebensfreude gehalten«, sagte er wahrheitsgemäß. »Ich hatte sie gerade für wenige Sekunden aus den Augen verloren, als ich einen Schrei hörte. Lydia war verschwunden. Den Rest konnte ich mir zusammenreimen. Ich wählte den Notruf.«

Lukas nickte. »Freilich, trotz Ihres Wissens bestand also kein ersichtlicher Grund für Sie, die Frau anzuseilen?«

Diese gezielt scharfe norddeutsche Aussprache ging dem Kriminalrat inzwischen richtig auf die Nerven.

Sie sahen sich die Tatortfotos an und deuteten sie, was keine neuen Erkenntnisse brachte. Hauptkommissar Lukas schien mit seinem Latein am Ende.

»Lassen Sie, Herr Lukas«, schaltete sich der Oberstaatsanwalt ein. »Ich werde mich selbst noch eine Weile mit dem Kriminalrat unterhalten.«

Damit war Lukas entlassen. Er entfernte sich.

Durch die geöffnete Tür war ein Streit zu hören. »Nein, lassen Sie mich!«, rief eine Frau sehr verständlich und laut. »Auch wenn da der Polizeipräsident drin ist, ich will zu meinem Mann.«

Kein Zweifel. Es war Lolas Stimme. Ja, solche Aktionen traute Ottakring seiner Frau zu, wenn sie wütend war. Von einer Sekunde auf die andere war er wie betäubt. Viel Zeit blieb ihm nicht, diesen Zustand zu pflegen.

Die Tür, die der scheidende Kommissar brav hinter sich geschlossen hatte, flog donnernd gegen die Wand. Eine Furie stand auf der Schwelle – Lola Herrenhaus, die allseits bekannte Moderatorin aus dem Bayerischen Fernsehen. Die Furie schäumte. Sie hatte die Arme in die Hüften gestützt und ließ die Augen wandern – vom Oberstaatsanwalt zum Kriminalrat, ihrem Mann, und wieder zurück. Beim Ankläger blieben sie hängen.

»Sie sind bei der Staatsanwaltschaft, nicht? Wie kommen Sie dazu, meinen Mann anzuklagen? Er ist mit einer – äh – etwas eigenartigen Frau auf einen Berg gestiegen, er wollte ihr einen Wunsch erfüllen und ihr damit eine kleine Freude bereiten. Ich glaube, er hat das einem Freund zuliebe getan.« Sie machte zwei Schritte in den Raum hinein auf den Staatsanwalt zu. »Wo ist das Problem?«

Ottakring ließ seine Frau ausreden. Er war die Ruhe selbst, als er vor sie hintrat und sie in den Arm nahm. »Ist gut, Schatz, wir kommen klar«, wies er sie leicht zurecht. »Das ist lieb von dir, mich aus den Fängen der Justiz retten zu wollen. Aber es geht mir nicht an den Kragen. Sie tun nur ihre Pflicht.«

Der Oberstaatsanwalt hielt sich aus dem Geplänkel heraus. Das war gut so, denn mit Lola Herrenhaus war in ihrem momentanen Zustand wirklich nicht gut Kirschen essen. Nach einigem Hin und Her war Lola bereit, wieder zu gehen.

»Wir sehen uns daheim, Schatz«, verabschiedete er sie. »Danke noch einmal für deinen Einsatz. Und sag viele Grüße an die Huberin.«

Ein zweimaliges spöttisches Schnalzen mit der Zunge war die Antwort.

Ottakring war nahe dran, sich vor Schwarz zu genieren. Er fühlte sich unwohl, obgleich ihm klar war, dass seine Ehefrau sich vor ihn wie eine Löwin vor ihr Junges stellen wollte.

Der Herr im grauen Anzug neben ihm lächelte ihn an. Wie ein Staatsanwalt lächelte er – dünn, verzog kaum die Lippen. Doch mit einem weiteren Blick auf die geschlossene Tür redete er.

»Ganz so einfach wird es nicht sein, Ottakring«, sagte

er. »Für uns beide nicht. Uns liegt diese Anzeige vor, und wir müssen ihr nachgehen. Indem du diese Dame auf ihren Wunsch begleitet hast, unterliegst du der Garantenpflicht und gerätst in die Nähe eines Totschlags durch Unterlassung. Ein Offizialdelikt. Das gilt es für uns zu prüfen. Deshalb wurde das Ermittlungsverfahren eingeleitet, von dem du ja Kenntnis hast. Deshalb, ich wiederhole mich, ist es nicht so einfach. Für uns nicht und auch …«, er rollte mit den Augen, »für dich nicht, Ottakring.«

»Red nicht so geschwollen, Schwarz«, sagte Ottakring und zog eine Braue empor. »Ich kann mir nicht vorstellen, dass ihr wegen dieser Sache Anklage gegen mich erheben wollt. Oder?«

Schwarz holte sich einen Stuhl heran und setzte sich rittlings darauf. »Wie ich schon gesagt habe: Wir sollten beide die Angelegenheit nicht auf die leichte Schulter nehmen. Es ist immerhin ein Mensch zu Tode gekommen, du warst dabei, und die Angehörigen haben Anzeige erstattet. Wir müssen sorgfältig vorgehen.«

Nach weiteren zwölf Minuten verabschiedeten sich die beiden. Ottakring blieb vorerst unbeschuldigt, konnte sich aber auch nicht ganz sicher fühlen.

»Wir werden die Angelegenheit ausgiebig prüfen. Du bekommst dann selbstverständlich Nachricht, Ottakring.«

»Und wie schätzt du selbst die Sache ein?«, fragte Ottakring.

Der Oberstaatsanwalt zuckte mit den Schultern. »Wie gesagt, wir werden das prüfen.«

Damit war alles gesagt.

Ein leichter Nieselregen fiel kurz nach dieser Besprechung über Rosenheim. Dann verzogen sich die Wolken wieder.

Der nächste Tag würde schön und warm werden.

10

Die fremde Frau ging ihm nicht mehr aus dem Kopf. Er lief deshalb unaufhörlich mit einem dicken Knoten im Bauch herum.

Selbst als Lola heimkam und sich für ihr Verhalten im Präsidium entschuldigte, war er nur halb bei der Sache. Lola war wie verwandelt. Sie ordnete ihre Haare und strich sich über ihr Kleid, zog die Schuhe aus und schlug sie kurz aneinander.

»Wunderschön«, sagte er.

»Wann hast du bemerkt, dass ich schön bin?«

»Schon als du zur Tür hereinkamst.«

»Warum hast du dann nichts gesagt?«

Hätte er jetzt sagen sollen: Weil ich in Gedanken woanders war? Er schwieg einfach.

Schließlich lachten sie beide. Sie stand dicht vor ihm und schlang die Arme um seinen Hals. »Bist du nicht immer woanders mit deinen Gedanken, Joe? Küss mich«, sagte sie. »Komm, küss mich.«

Er küsste sie, doch die Leidenschaft, die ihn sonst auszeichnete, blieb aus.

Sie sah ihn von der Seite an.

Kurze Zeit später – Ottakring hatte sich etwas von ihr entfernt – trat sie zu ihm und legte ihm den Arm um die Hüfte. »Komm, lass uns an den Simssee fahren. Ich kenne da ein kleines Wirtshaus direkt am Wasser, das möchte ich dir zeigen. Ich lade dich ein, alter Brummbär.«

Von Weitem schon wirkte das Wirtshaus gar nicht so bayrisch, wie es Ottakring erwartet hatte. Eher wie eine der Tavernen, wie sie am Gardasee zu finden sind. Es lag am Ende eines dunklen, naturbelassenen Zufahrtswegs. Im Halbdunkel warf eine beinahe geheimnisvolle Gartenbeleuchtung mystische Bilder auf den See, Geräusche von Stimmen und Gläserklirren drangen ihnen entgegen.

»Na, was sagst du?«, fragte Lola. Stolz schwang in ihrer Stimme mit.

Er nickte und brummelte etwas vor sich hin, das positiv klingen sollte.

Sie betraten das Restaurant beinahe zeitgleich. Ein Kellner kam ihnen entgegen und begrüßte Lola. Sie schienen sich gut zu kennen, taten aber alles, um das vermutlich sonst übliche Zeremoniell herunterzuspielen.

»Sie sind zu zweit?«, fragte er.

Er bekam keine Antwort, denn Lola steuerte geradewegs auf einen Ecktisch zu. Sie blieb stehen, wartete auf ihren Joe, dann nahmen sie beide – wieder zeitgleich – Platz.

Jetzt erschloss sich Ottakring erst die wahre Schönheit des Bildes, das sich von der Terrasse aus auftat. Man blickte auf eine kleine Bucht, eine winzige Mole rahmte sie zur Rechten ein, ein paar Ruderboote hatten am Strand festgemacht. In Ufernähe wirkte der Simssee trotz einsetzender Dämmerung helltürkisfarben, an den Steinrändern der Mole sogar goldgelb. Draußen am See aber wölbte sich ein breites Blau wie das Segment eines Walrückens. Oben am Rand dieses Rückens schien sich etwas verschwommen hin- und herzubewegen. Das Etwas entpuppte sich als dunkelgrüne einsame Segelyacht, die in einiger Entfernung unter dem sternklaren Himmel ankerte.

»Na, hab ich dir zu viel versprochen?«, fragte Lola.

Ottakring hörte auf, hinauszustarren. »Nein«, sagte er. »Wenn ich so belohnt werde, beginne ich innerlich zu schweben.«

Sie lächelte, erstaunt über seine Formulierung, sagte aber dazu nichts. Sie fragte nur, ob es ihm recht sei, wenn sie die Bestellung übernähme. Sie sei schon öfter geschäftlich hier gewesen, sie kenne sich aus.

Er hatte nichts dagegen. »Natürlich ist es mir recht. Mach nur, Liebstes.«

An der Art, wie sie sich nach dem Kellner umsah, erkannte er, wie sie sich freute, ihrem Mann etwas präsentieren zu können, das er nicht kannte. Er wusste, welchen Spaß auch sie an gutem Essen und Trinken hatte. Mit Menschen, die nicht gern aßen und tranken, hatte er noch nie etwas anfangen können.

Sie rührte die angebotene Speise- und Getränkekarte nicht an, sie bestellte Antipasti. »Keinen Schinken, ausschließlich Fisch und ein bisschen Gemüse«, orderte sie.

Die Weinbestellung übernahm sie gleich mit. »Eine Flasche von dem Sauvignon, wie immer gut gekühlt, bitte.«

Aha, seine Frau kannte sich aus, er kam aus dem Staunen nicht heraus. Deine Frau, das rätselhafte Wesen. Er fühlte sich überrollt. Er war unsicher, ob ihm diese etwas dominante Art so recht war.

Bisher hatte er immer solch angenehme Aufgaben übernommen, schon gleich beim Wein, wenn sie beide schon einmal Wein tranken, was selten war. Doch Weißbier beim Italiener wäre ein Stilbruch gewesen, das verstand er.

Eine Zeit lang schauten sie stumm auf den See hinaus, seine Augen blieben wieder an dem auf und ab schaukelnden Boot hängen.

Der Wein wurde gebracht. Der Keller wollte den Korken ziehen.

»Das übernehme ich«, sagte Ottakring bestimmt. Wenigstens diese Kleinigkeit wollte er zu dem gemeinsamen Mahl beitragen. Er schenkte sich das Probierglas ein, trank einen Schluck, nickte kurz und goss beide Gläser halb voll.

Sofort, ohne jede Verzögerung, spürte er die Wirkung des Alkohols. Er war eben Wein nicht gewohnt. Es war wie ein animierender Schock. Sofort nahm er einen zweiten Schluck.

Der Kellner zog mit Bergen von Spaghetti durch die Reihen, um sie an den Tischen auf die hingeschobenen Teller zu verteilen. Eine Frau mit langem Haar, die durch eine der Gassen zwischen den Tischen eilte, prallte mit ihm zusammen. Sie steckte in einem fröhlich geblümten Kleid.

Artistisch schaffte es der Kellner, den Spaghettiteller auf der erhobenen Hand zu jonglieren. Die Frau eilte unbeeindruckt weiter hinein ins Haus.

Ottakring konnte den Blick nicht von der Szene wenden. Etwas an der Frau kam ihm vertraut vor. Er behielt die Tür im Auge für den Fall, dass sie wieder herauskam.

»Schmeckt es dir nicht?«

Ottakring zuckte zusammen. Er hatte nicht bemerkt, dass der Teller mit den Antipasti vor ihm stand. »Oh«, bemerkte er. Er legte eine Hand auf Lolas Hand und begann zögernd zu essen.

Bis die Frau wieder unter der Tür des Haupthauses erschien. Fast fiel ihm die Gabel aus der Hand. Die unbekannte Frau, die ihn so stark an Lydia erinnerte! Die unerwartete Begegnung traf ihn wie ein Schock. Er warf einen verwirrten Seitenblick auf Lola. Sie hatte den Kopf über den Teller gesenkt. Sie sah müde aus.

Die Fremde war inzwischen durch die Reihen gewandert und schritt gelassen auf einen Tisch zu, der etwas weiter als ihrer vom Wasser entfernt und mit zwei Männern besetzt war. Ottakring erkannte seinen Schulfreund Hans und dessen Sohn Fred Graumann. Hans erhob sich, als die Frau sich zu ihnen setzte, sein Sohn blieb sitzen. Trotz der Entfernung war der Ablauf deutlich auszumachen.

»Joe, was ist denn? Wo bist du mit deinen Gedanken? Wer sind diese Leute?«

Er musste Lola nicht lange aufklären. Sie kannte Hans Graumann ja flüchtig und wusste von dem Drama um seine Schwiegertochter, ihren Bergtod und die Anzeige.

»Wer die Frau ist, weiß ich auch nicht«, log er. Auch verschwieg er die Ähnlichkeit mit der toten Lydia.

»Und was beeindruckt dich da so kräftig, dass du sogar das Essen vergisst, das vor deiner Nase steht? Und den Wein noch dazu.«

Er konnte den Tisch da drüben nicht wegzaubern. Er war nicht in der Lage, seine gute Laune wiederherzustellen. Er war befangen, der Abend war gelaufen.

Bevor sie aufbrachen, fragte er den Kellner: »Wem gehört das Schiff da draußen?«

Der Mann nickte vielsagend zum Graumann-Tisch hin. Ottakring hatte sich so etwas schon gedacht.

»Schade«, kommentierte Lola lediglich, als sie bald darauf die Rechnung kommen ließ.

Er war ihr bisher kaum begegnet, und doch beschäftigte ihn die unbekannte Frau in einer Tour. Es tat ihm leid um Lola, und es tat ihm leid um ihn selbst. Er wollte sich von dieser Fremden nicht gefangen nehmen lassen. Doch in den nächsten Tagen begann sich alles um sie zu drehen, seine Gedanken, der Tagesablauf. Intensiv folgte er Lydias Spuren.

Er wanderte gleich morgens nach der Öffnung ins Museum – »Grüß Gott, Herr Kriminalrat« –, starrte auf das Porträt von Aaron Eichbaum, dem Urgroßvater, mit Gattin, sah in seiner Erinnerung Lydia davorstehen und hörte sie mit ihm sprechen. Er nahm die Brosche wahr, die Aarons Frau an das dunkle Kleid mit den Spitzenfransen gesteckt hatte. Eine ovale Vorstecknadel, wohl aus Gold, mit Perlen und zwei runden grünen Schmucksteinen aus Türkis oder Malachit. Er erinnerte sich, sie irgendwann auch an Lydia gesehen zu haben. Ein Erbstück also.

Am Nachmittag desselben Tages besuchte er Aarons Grab, besser gesagt sein Denkmal. Auch hier hatte Lydia gestanden und sich mit ihrem Ahnen unterhalten. Er sah sie vor sich, mit gefalteten Händen, die Augen wie im Gebet zum Himmel gerichtet.

Immer unruhiger wanderte Ottakring in der Stadt herum. Ohne Ziel, ohne Aufgabe, ohne Plan.

Am fünften Tag nach dem Simssee-Ereignis traf er sie in der Stadt. Er ging über den Max-Josefs-Platz, passierte den Grünen Markt und bemerkte unter den Arkaden ein Geschäft, das offenbar neu eröffnet hatte. Eine Goldschmiede. Er warf einen Blick ins Schaufenster.

Nun war Josef Ottakring bestimmt nicht der große Schmuckkenner oder -liebhaber. Aber das, was er im Schaufenster liegen sah, gefiel ihm. Er war vertieft in seine Betrachtung und hatte die Hände auf den Rücken gelegt. Nervös spielte er mit den Fingern Klavier, als sich die Ladentür öffnete und wie aus einem Bilderrahmen eine Frau aus der Tür trat.

»Grüß Gott«, begrüßte sie ihn. Ihre Augen funkelten, als träfe sie einen Bekannten. »Kann ich Ihnen helfen?«

Ottakring erstarrte, als hätte er es mit einer Geistererscheinung zu tun. Er brauchte eine Weile, um sich daraus zu lösen.

»Ist Ihnen nicht gut?«, fragte die Frau.

»Nein, nein, alles gut«, stammelte er. Und sah sie ebenso entgeistert an wie zuvor. Es war die Frau vom Simssee, der er vorher schon in Rosenheim über den Weg gelaufen war!

»Wollten Sie zu mir?« Lag da Ironie in ihrer Stimme?

»Ich wollte Sie etwas fragen«, sagte er bestimmt. Er hatte sich wieder gefangen.

»Ach ja? Ich höre.«

»Wollen Sie mit mir eine Tasse Kaffee trinken? Hier sind ja genügend Cafés gleich in der Nähe.«

Er begriff ihr Zögern. Von einem Fremden angesprochen zu werden bedeutete immer Ungewissheit, oft auch Risiko.

»Ja, gern. Wie komme ich zu dieser Ehre?« Die Überraschung war ihr anzusehen.

Ottakring ließ die Frage unbeantwortet. »Wann?«, hakte er stattdessen nach. »Jetzt gleich?«

Sie warf einen Blick auf die Uhr. »Nein, ich kann mein Geschäft nicht einfach schließen. Wie wär's morgen Mittag?«

Dabei blieb es. Er würde sie morgen Mittag abholen. Ein eigenartiges Gefühl begann sich in seiner Magengegend anzusiedeln.

***

Nun, am sechsten Tag nach der Eröffnung ihres eigenen Ladens, stand Janne Thaler in der Tür und wurde von einem Mann zum Kaffee eingeladen. Der Mann war gut doppelt so alt wie sie und konnte also nach ihrer Einschätzung keine ernsthaften Absichten hegen (obwohl: Man wusste ja nie). Er war ein pensionierter Kriminalbeamter, das war ihr bekannt, und er war ihr sympathisch. Seinem Vorschlag, sie am nächsten Tag auf einen Kaffee einzuladen, stand also nichts im Weg.

Janne Thaler, eine Frau von gut dreißig, die von einem großen Hof aus einem Seitental des Stubaitals in Tirol stammte, war als Jugendliche Mitglied der österreichischen Juniorenmannschaft in der Skiabfahrt gewesen. Doch nach einem Sturz musste ihr die halbe Lunge herausoperiert werden. Von da an widmete sie sich mehr dem Skilanglauf.

Ihre berufliche Lehre beendete sie mit Bravour, sie wurde die jüngste Gold- und Silberschmiedemeisterin und Juwelierin im Bundesland Tirol. Den selbst hergestellten Schutzpatron Sankt Ägidius trug sie – selbst in der Nacht – am Hals. Wer mit Janne sprach, konnte unschwer ihren verbliebenen Tiroler Restakzent – das Krächzen im Hals – heraushören.

Eine weitere persönliche Eigenart war ihr gewagter Umgang mit Geld. Sie hatte ständig unter Geldnot gelitten, sodass ihr Lebenstraum, ein eigenes Geschäft, immer mehr in die Ferne gerückt war. Die längere Beziehung, die sie bis vor vier Jahren mit einem Russlanddeutschen unterhalten hatte, vertiefte diesen Mangel noch. Sie hatte ihm ein hübsches Sümmchen geliehen, eines Morgens war er verschwunden und mit ihm das Geld.

***

An diesem Tag erwachte Ottakring davon, dass es auf das Fensterblech vor dem Schlafzimmerfenster trommelte. Die Nachttischuhr zeigte halb sieben. Ein Zettel lag auf dem Kopfkissen neben ihm: »Bin schon gefahren. Hab heute einen Arzttermin.« Von diesem Termin wusste er nichts, Lola hatte nichts angedeutet. Wird schon nicht so wichtig sein, dachte er.

Ottakring lauschte dem Geräusch der Regentropfen. Schwaches Dämmerlicht sickerte durch einen Spalt des Rollos herein. Er versuchte sich zu erinnern, wann es zuletzt geregnet hatte. Es musste an dem Tag am Wochenende gewesen sein, als er und Lola in der Ausstellung in München gewesen waren. Das war eine gute Woche her.

Um Viertel nach sieben hatte er geduscht und sich angezogen. Zum Frühstück trank er Tee und aß das Marmeladebrot, das Lola ihm geschmiert und hinterlassen hatte. Eine Welle der Zärtlichkeit durchlief seinen Körper.

Das Thermometer zeigte fünfzehn Grad über null. Die Wolkendecke riss auf. Das ist gut, dachte Ottakring, dann können wir heute Mittag den Kaffee im Freien trinken. Er war gespannt auf das Treffen mit dieser Ladenbesitzerin.

Unruhig und nervös wurde er, als er sich selbst zum Aufbruch mahnte. Im letzten Augenblick ertönte das Klingelzeichen seines Mobiltelefons.

»Hallo, Schatz?«, sprach er eine Spur zu laut ins Telefon hinein.

»Bist du heute Abend zu Hause?«, fragte Lola. Sie klang deutlich angespannt.

Eine kurze Sekunde lang überlegte er. »Ja. Warum? Was ist? Warst du schon beim Arzt?«

»Ja.« Ihre Sprache war schleppend. »Ich war beim Arzt.«

Weinte sie etwa? Es klang fast so. Ottakring begann sich zu sorgen. »Sag schon, Liebes. Was ist los? Hat es mit dem Doktor zu tun?« Er starrte das Telefon an, als müsste es lebendig werden und antworten.

Auf der anderen Seite brach das Unglück aus Lola heraus. Sie, die starke, unüberwindbare Frau mit so viel Selbstbeherrschung, verfiel am Telefon in einen regelrechten Heulkrampf, der nicht mehr enden wollte.

Ottakring erwischte sich dabei, wie er auf die Uhr sah. Er war hin- und hergerissen. Doch dann siegte die Liebe zu seiner Frau. »Ich bin für dich da, wann immer du willst, Liebes«, kommentierte er.

Rasch versiegte der Tränenstrom wieder. »Ja, bitte«, hauchte Lola ins Telefon. »Ich komme heim, sobald es mir möglich ist.«

Anschließend war Stille. Lola Herrenhaus hatte aufgelegt.

Er hatte sich vorgenommen, vor dem mittäglichen Treffen ein wenig durch die Stadt zu schlendern. Nun war er zeitlich etwas ins Hintertreffen geraten. Er zog sogar in Erwägung, die Verabredung abzusagen oder gar nicht erst hinzugehen. Sein Gewissen machte ihm zu schaffen.

Sie waren für halb eins in dem Bistro am Hammerbach verabredet, dessen Name Ottakring entfallen war. Er schaffte es bis halb eins, war jedoch noch unentschlossen.

Die Frau saß schon da und winkte ihm aufgeräumt zu.

In dem Moment, als er ihr die Hand reichte, hatte er sich entschieden. »Joe Ottakring. Entschuldigen Sie«, sagte er. »Ich muss mich leider entschuldigen. Ich habe eine sehr wichtige familiäre Angelegenheit zu klären.« In derselben Sekunde fühlte er sich besser. Seine Gedanken waren bei Lola.

Die Frau trug einen leichten hellen Mantel über dem geblümten Kleid, das er schon kannte. Auf dem Revers des Mantels prangte ein Schmuckstück, das er nur am Rande wahrnahm.

»Wie schade«, sagte sie sichtlich enttäuscht. »Aber wenn's denn sein soll.« Und nach einem kurzen Moment der Überlegung: »Werden wir uns denn wiedersehen?« Sie sah ihm direkt in die Augen.

»Ja gern. Wie kann ich Sie erreichen?«

»Am besten im Geschäft. Das kennen Sie ja. Ich würde mich freuen. Ich wünsche Ihnen viel Erfolg bei Ihren Erledigungen.«

Erledigungen. Er fühlte sich unangenehm berührt.

»Wie heißen Sie eigentlich?«, fragte er. Auf dem kleinen Schild an ihrer Ladentür hatte »J. Thaler« gestanden.

»Janne«, sagte sie nur. »Ich heiße Janne.«

»Ciao, Janne«, sagte er. »Ich melde mich.«

Er ging Richtung Karstadt und setzte sich neben einem Parkplatz auf einen Stuhl. Er holte sein Handy heraus und wählte Lolas Nummer. Er wartete, zählte die Freizeichen, nach dem siebten Mal war Schluss. Er wusste zwar, dass sie während der Arbeit nicht ans Handy ging, doch er machte sich Sorgen.

Er erhob sich und schlug den Weg zum Parkhaus ein, in dem sein Porsche parkte.

Das Schmuckstück an ihrem Mantel! An Jannes Mantel. An einer Straßenecke, an der die Polizei gerade einen Blechschaden aufnahm, fiel ihm ein, woher er es kannte. Es war die Brosche an der Bluse auf dem Porträt im Museum! Aaron Eichbaums Ehefrau trug sie darauf voll Stolz und Würde. Und auch an Lydia hatte er das Ding schon gesehen. Wie kam also Janne … – er hatte den Nachnamen schon wieder vergessen – an diese kleine Kostbarkeit, dieses Original? Freilich, sie war Juwelierin und hatte sicher Zugang zu allem möglichen

Firlefanz. Aber ausgerechnet diese Brosche? Was hatte Janne mit den Graumanns zu tun?

Die Brosche, Jannes verblüffende Ähnlichkeit mit Lydia, die erstaunlichen Ereignisse, bei denen Lydia zu Tode kam – Ottakrings polizeilicher Instinkt war endgültig geweckt.

11

Ottakring bereitete gerade alles für die Speckpfannkuchen vor, die Lola versprochen hatte zu backen. Zwei Eier, Mehl. Den Speck und den Endiviensalat schnitt er in schmale Streifen.

Sie war unbemerkt in die Küche gekommen und legte ihm eine Hand auf die Schulter, die andere strich über seine Hüfte. Seine Hand bewegte sich ihr entgegen, sie schüttelte sie.

»Danke, dass du mir helfen willst«, sagte sie. Große Zärtlichkeit schwang in ihrer Stimme mit.

»Helfen? Ich? Wann?«

»Du bist doch schon dabei. Die Speckpfannkuchen.«

Eine Weile schwiegen sie, während Lola das Öl in der Pfanne erhitzte.

»Wie war's beim Arzt?«, fragte er schließlich. »Sag endlich.«

Sie zögerte einen Augenblick zu lang. »Ärztin«, verbesserte sie zaghaft. »Sie ist eine Ärztin.«

Ottakring drehte den Kopf und sah sie an. »Gut für dich«, sagte er. »Eine Frau ist besser für dich.« Er fasste einen Entschluss. »Warte, ich mach uns einen Drink. Die Köchin muss schwimmen. Was möchtest du? Ein Bier, ein Glas Wein, Martini, Campari Orange?«

»Einen Schnaps!«

Es war, als hätte ihm jemand einen Ziegelstein an den Kopf geworfen. Lola trank niemals Schnaps. »Das meinst du doch nicht im Ernst?«

»Du hast mich gefragt. Und ich sage dir: Ich möchte einen Schnaps!«

Hier ging es nicht nur um die Laune einer Frau. Wortlos schlich er hinab in den Keller, wo sie neben Wein und einer

Kiste Weißbier ein paar Flaschen diversen Feuerwassers aufbewahrten.

Der Keller war wie alle Keller. Er roch nach Waschpulver, Weichspüler und Heizöl und war voller Dinge, die nie jemand je wieder brauchen würde. Der Lichtschalter leuchtete, und wenn man ihn betätigt hatte, ging das Licht nach drei Minuten von selbst wieder aus.

Wenn er schon mal unten war, dachte Ottakring, konnte er auch gleich die Heizung checken. Der Heizraum lag neben der Kellertreppe, und durch seine grün lackierte Stahltür drang ein leises, gleichmäßiges Vibrieren. Sie war unverschlossen nicht weil Ottakring sie nicht verschließen wollte, sondern weil er seit zwei Jahren den Schlüssel nicht mehr fand.

Ottakring tastete sich zum schwach flackernden Lichtschalter. Es wurde hell. Gleichzeitig hörte er eine Stimme von oben.

»Joe, was ist? Wo bleibst du?«

»Ja, bin schon da«, rief er verhalten zurück. Ihm war etwas übel. Er saß auf der untersten Treppenstufe. Nicht weil er erschöpft war, sondern weil der Schwindel ihn attackiert hatte. Er musste sich, während er sich hinabtastete, am Geländer festhalten, und schaffte es nur mit Mühe nach ganz unten. Fast wäre er mutlos geworden wegen seiner Hilflosigkeit. Quälend langsam nur konnte er sich wieder aufrichten.

Vor dem Heizraum stand er wieder im Dunkeln. Er suchte den rötlich leuchtenden Lichtschalter für den Kellerflur und fand ihn. Die Flasche Kognak fest in der geballten Faust, ging er nach oben.

»Hier, Liebste, bitte. Alter spanischer Kognak. Haben wir irgendwann einmal von dort mitgebracht. Wird ein bisschen zu kühl sein für Kognak. Trotzdem: Auf dein Wohl!«

»Was hast du so lang da unten gemacht?«, fragte sie lediglich. »Hast du Mäuse gefunden?« Eine Antwort erwartete sie nicht.

»Bist du sicher?«, fragte er dagegen.

»Was meinst du?«

»Dass bei deinem Arztbesuch alles gut gegangen ist.« Er pausierte kurz, da Lolas Miene sich verdüsterte. »Irgendetwas hast du doch. Etwas stimmt nicht. Hab ich recht?«

Wie zur Bestätigung war Frau Huber herbeigeeilt und schwänzelte mit seltsamen Tönen um Ottakring herum.

Lola verzog die Lippen zu einem Schmollmund und verdrehte die Augen. Sie wirkte wie eine Schülerin, die beim Spicken erwischt wird. »Wieder mal ganz der Kriminalist. Wie hast du das gemerkt?«

Ottakring schnüffelte übertrieben an ihr herum. »Ich kann es riechen. Also raus mit der Sprache, was ist los?«

Lola blies die Backen auf und ließ die Luft wieder heraus.

War sie blasser geworden? Ottakring kam es so vor. Ganz sicher aber hatten sich kleine Speichelbläschen um ihre Mundwinkel gesammelt. Was war los mit seiner Frau?

»Ich war bei einer Hautärztin«, sagte sie zögernd. Es folgte eine längere Pause.

Sie nippte an dem Glas, das er ihr eingeschenkt hatte. Sie nippte noch einmal, dann stellte sie es auf die Arbeitsplatte und sah ihn an. »Wolltest du gar nicht wissen, wieso ich plötzlich einen Schnaps mag?«

Ende mit dem harmlosen Geplauder. Er gab seine Zurückhaltung auf. »Und wie. Ist etwas nicht in Ordnung, Liebstes? Ich hoffe, du brauchst den Schnaps nicht, um dich wegen schlechter Nachrichten zu betäuben.« Er ahnte Schlimmes.

Es kam noch schlimmer.

»Ich habe Krebs«, sagte sie in einem Ton so leichthin, als erklärte sie ihm die Funktion eines Fernsehgeräts. »Hautkrebs. Sie geben mir ein Jahr Restlaufzeit.« Sie sprach es aus wie eine Feststellung. Ohne Ausrufezeichen.

Ottakring wich alle Farbe aus dem Gesicht. Er nahm seine Frau in den Arm und drückte ihren Kopf an seine Schulter. Seine Frau, mit der er so lange schon zusammen und verheiratet war, mit der er so vieles erlebt und gemeinsam hatte und die er liebte, hatte noch ein Jahr zu leben!

Wie ein Blitz traf ihn die Nachricht und zerriss ihn. Er fühlte sich, als hätte es ihn von einer Brücke gestürzt, und nun kämpfte er in einem tosenden Wasserstrudel. Wie in einem Film kreisten Bilder vor seinem geistigen Auge.

Das Gespräch hatte keine zwei Minuten gedauert. Jetzt zog Ottakring seine Lola an der Hand ins Wohnzimmer und ließ sie auf einer der beiden Couches Platz nehmen. Er setzte sich neben sie und behielt ihre Hand in seiner. »Erzähl!«

Wieder die aufgeblasenen Backen. Wieder das Luftablassen. »Ich habe bisher den Mund gehalten. Seit längerer Zeit juckt meine Kopfhaut. Und wenn ich hingreife, ist sie geschwollen. Diese Geschwulst wurde immer stärker, und es juckte fürchterlich. Ich hab mir schon vorgestellt, mein Gehirn tritt nach außen. Also bin ich zum Chirurgen in Rosenheim. Wer kennt schon einen niedergelassenen Chirurgen? Ich hab mich halt erkundigt.«

Jetzt war es an Ottakring, die Backen aufzublasen. »Und du hast mir nichts davon gesagt?«

»Ich wollte dich nicht beunruhigen. Vielleicht ist's ja eine Lappalie, dachte ich.«

Lolas Ausstrahlung, die Ottakring so mochte, hatte sich verändert. Ihre ganze Figur, ihr Mienenspiel und ihre Gestik gerieten in ein anderes Licht. Die sonstige hellwache Klugheit war einer unbestimmten Angst gewichen, das konnte er deutlich erkennen. Angst! Bei Lola eigentlich undenkbar.

Er streichelte ihren Arm. »Und dann?«, fragte er, obwohl er die Antwort gar nicht hören wollte.

»Der Chirurg lachte mich aus. ›Da dringt nichts nach außen‹, sagte er. ›Es ist nicht mal eine Beule. Das ist eine Sache für den Hautarzt.‹« Sie entzog ihm ihre Hand, bäumte sich auf und rief: »Verdammt, willst du den Schmarren wirklich hören?« Ihre Augen hatten sich mit Tränen gefüllt.

Ottakring beugte sich hinüber, zog ihren Kopf an sich und befreite sie sanft von ihren Tränen. »Freilich muss ich das wissen, du bist gut. Viel, viel früher hättest du mich informieren sollen.«

Lola entzog sich seinem Griff. Sie hatte sich wieder gefangen. »Also gut. Dr. Schwarz, die Hautärztin, hörte mir ruhig zu und schaute sich meinen Kopf an. Recht flott diagnostizierte sie eine Allergie gegen das Schuppenmittel, das ich mir manchmal in die Kopfhaut schmiere, du weißt schon. ›Sie müssen das sofort absetzen‹, sagte sie. ›Und verwenden Sie keine normale Seife mehr am Körper. Nur mehr seifenfreie Wirkstoffe.‹ Und dann kam etwas, worauf ich gar nicht gefasst war. Sie bat mich, die Kleider abzulegen und mich auf die Liege zu legen. Ich deutete auf meinen Kopf und weigerte mich. Zunächst. Doch sie fragte mich, wann ich das letzte Mal hautärztlich untersucht worden war. Ich überlegte kurz. ›Noch nie‹, sagte ich. ›Also bitte‹, sagte sie. ›Auf den Bauch legen.‹«

Lola war aufgestanden und ging zum Fenster. Sie vertiefte sich in die Baumgruppe gegenüber. »Zwei Minuten später dann der Schreck. ›Aha‹, sagte die Ärztin. Und ein ›Aha‹ in einer solchen Situation klingt wahrhaftig nicht überzeugend. ›Aha, was haben wir denn da?‹ Sie hatte bei meinem dritten Lendenwirbel etwas Verdächtiges gefunden. Nach einigen Fragen und Hin und Her gestand sie, dass es sich um ein malignes Melanom handeln könnte. Schwarzer Hautkrebs also, absolut tödlich.«

Ottakring hatte so etwas schon kommen sehen. Doch jetzt, als er das Urteil hörte, durchfuhr ihn ein Stich. Er wusste um die tödliche Gefahr von schwarzem Hautkrebs. Seine Lola dem Tod geweiht? »Und? Hat sie nichts unternommen?«

»›Ich empfehle eine sofortige Extraktion‹, sagte sie. Ich habe zugestimmt. Die Probe wird eingesandt, in drei Tagen kommt das Ergebnis. Es geht hauptsächlich darum, wie tief der Krebs schon in die Haut eingedrungen ist. Ist es schon die zweite Hautschicht, bekommt der Tumor möglicherweise Zugang zu den Blut- und Lymphgefäßen und kann sich dadurch im ganzen Körper ausbreiten. Mehr als fünf Millimeter Tiefe ist daher in aller Regel tödlich. Sagt sie.«

Lola redete so unbefangen, als würde sie gerade berichten, sie habe eine Kuh beim Kalben beobachtet. Als würde diese Katastrophe sie nicht persönlich betreffen.

Ottakring war überzeugt, dass es in ihrem Inneren rumorte. »In drei Tagen, sagst du? Gibt diese Ärztin eine Prognose?«

Nervös lachte Lola auf. »Nein, wie könnte sie? Das Ergebnis kommt in drei Tagen. Vorher kann niemand etwas sagen.«

Alberne Frage, das leuchtete Ottakring ein. »Was machst du in diesen drei Tagen?«, fragte er.

Sie hob die Schultern. »Arbeiten natürlich. Was sonst?«

Nein, durchfuhr es Ottakring. Nein, seine Lola durfte nicht sterben! Er war versucht, für sie zu beten. Doch an wen sollte er sein Gebet richten? An Gott und solche überirdischen Dinge glaubte er nicht. An Buddha? Oder gar an Allah? Nein, er glaubte nur an sich und seinen eigenen starken Willen. Selbst richtig fest dran glauben und immer dran denken, dass Lola nichts passiert, das hatte schon öfter auf wundersame Weise geholfen.

Warum nahm sie die paar Tage nicht frei? Die paar Tage bis zum Urteil, überlegte er. Drei Tage waren es, kleine Ewigkeiten. Was könnten sie zusammen in diesen drei Tagen alles unternehmen! Sich Wünsche erfüllen, die sie immer vor sich herschleppten und aus Zeitgründen nicht erfüllen konnten.

Schon lange wollte Lola einmal mit dem ersten Schiff gleich in der Früh ans andere Ende des Königssees fahren und ein Stück weit ins Steinerne Meer hinaufkraxeln. Doch danach stand ihr momentan sicher nicht der Sinn.

Endlich einmal wieder zusammen nach München fahren und eine weitere Ausstellung besuchen oder abends ein Konzert oder ins Opernhaus? Das neue Elefantenhaus in

Hellabrunn besichtigen und die jungen Eisbären füttern? Das letzte Mal – es war schon Jahre her – hatten sie eine alte Frau beobachtet, die im Affengehege »ihrem« Schimpansen eine Banane zuwarf, ihn mit Namen anredete und von ihm erkannt wurde.

»Woran denkst du?« Mit dieser Frage riss ihn Lola aus seinen Träumen.

Er richtete den Blick auf sie. »Mach doch Urlaub. Nimm dir diese drei Tage frei. Lass uns zusammen wegfahren.«

Das war beruflich bei ihr nicht möglich, sie hätte es auch nicht gewollt. »Ich mag nicht herumsitzen und über mein schreckliches Schicksal herumgrübeln. Wegfahren mag ich auch nicht.«

Ihr seine Gedanken vorzutragen war sinnlos. Wenn Lola einmal einen Entschluss gefasst hatte, musste schon die halbe Welt einstürzen, um ihn zu ändern. Außerdem, wenn er ehrlich war, konnte auch er nicht einfach alles liegen und stehen lassen. Auch wenn ihm Lola über alles in der Welt wichtig war, er musste herausfinden, welches Spiel diese Janne Thaler spielte.

Er spürte unergründlichen Hass in sich hochkochen. Einen Hass, den er so nicht kannte. Schlagartig hatte Ottakring Angst. Er rang nach Luft.

Der polizeiliche Instinkt, der ihn gepackt hatte, ließ ihn ebenfalls nicht mehr los – fast ebenbürtig mit der Angst und Sorge um Lola.

Wie war Janne Thaler an die Brosche gekommen, die schon Lydia Graumann getragen hatte und die ursprünglich von der Urgroßmutter stammte? Die Antwort auf diese Frage begann er langsam vorherzusehen und zu begreifen. Er war geschockt! Wenn es stimmte, musste diese Janne ein teuflisches Biest sein.

***

Am nächsten Tag bummelte er nicht, nein, er eilte in raschen Schritten durch die Innenstadt, es war kurz vor zehn Uhr. Um zehn würde das Geschäft öffnen, und da wollte er an der Tür stehen.

»Guten Morgen, Janne.« Er musterte sie von oben bis unten. Zopffrisur, Halstuch, Pulli, Jeans, ockerfarbene Schürze. Keine Brosche. Natürlich nicht. »Haben Sie einen Augenblick Zeit?«

Sie schien überrascht. Ob erfreut, konnte er nicht beurteilen. »Ich bin grad fertig geworden.« Sie wies mit einer Hand um sich. »Komm rein.«

Kein Tisch, kein Stuhl, nur Schmuck in jeder Form und ein paar Uhren. Blumen, Grünpflanzen, zwei künstliche Palmen als Dekoration. Und ein Verkaufstisch mit Kasse. An den lehnte sich Ottakring. Sein Herz klopfte.

»Sie hatten gestern eine außergewöhnliche Brosche an«, sagte er. Er griff sofort an. »Diese Brosche kenne ich. Wo haben Sie sie her?«

Sie wirkte irritiert. Das hatte er beabsichtigt.

»Ja, ich hatte eine Brosche an. Warum fragst du? Spricht hier der Kriminalkommissar aus dir? Nein, ich hab sie nicht gestohlen.« Sie legte ihm eine Hand an den Arm. »Und he, sagen wir nicht Du zueinander?«

Er schüttelte die Hand ab. Auf ihre Frage ging er nicht ein. Und he, nein, gestohlen hatte sie das Teil nicht, das stand fest. »Wissen Sie denn, Janne, um was es sich bei dieser Brosche handelt? Dass sie eine Geschichte hat?«

Janne stand da mit angelegten Armen, ihr Gesicht begann sich leicht zu röten. »Nein«, sagte sie kaum hörbar, »das weiß ich nicht.«

Ottakring war in seinem Element. »Wo haben Sie dieses Stück her?«, fragte er. »Es handelt sich ja zweifelsfrei um ein Original?«

Das überschüssige Blut war aus ihrem Gesicht gewichen.

Sie bewegte und sie räusperte sich. »Das mit dieser Brosche ist doch meine Privatangelegenheit. Wozu wollen Sie das alles wissen? Bis gestern waren Sie noch ein ganz freundlicher Mensch, den man mögen konnte.«

Ottakring wurde wütend. Seine Halsadern schwollen an. Er wurde laut. »Dieses Schmuckstück war bis vor Kurzem im Besitz einer anderen Frau, ich habe es persönlich gesehen. Die Frau ist jetzt tot. Haben Sie mit ihrem Tod zu tun, Janne Thaler oder wie auch immer Sie heißen mögen?«

Janne stand mit dem Rücken zu einer der beiden Palmen. Sie klammerte sich an dessen Stamm. Die Farbe ihres Gesichts glich dem Anstrich der Wand. »Hören Sie auf!«, rief sie aus. »Ich bin nicht –«

»Guten Morgen!« Eine weibliche Besucherin stand in der Tür. »Störe ich?«

Ottakring wich aus dem Blickfeld der Frau.

Janne löste sich von dem Baum und verwandelte sich in eine hungrige Geschäftsfrau. Im Nu hatte sie den billigen Modeschmuck, den sich die Kundin vorgestellt hatte, geschenkmäßig verpackt. Sie tippte den Betrag in die Kasse. »Siebzehn Euro und achtzig bitte schön.«

Die Kundin bezahlte und ging, nicht ohne einen kurzen Blick auf Ottakring zu werfen.

»Was sind Sie nicht?«, fragte er Janne.

Sie hantierte noch an der Kasse herum. »Wie, was nicht?«

»Sie haben vorhin einen Satz begonnen mit ›Ich bin nicht‹. Dann wurden wir unterbrochen. Was wollten Sie sagen?« Er sah sie durchdringend an. »Ich hatte Sie gefragt, was Sie über das Schicksal der Vorbesitzerin der Brosche wissen.«

»Ich habe doch nichts mit ihrem Tod zu tun. Warum sollte ich auch? Die Brosche gehört mir, und zwar schon immer.«

Er ging zwei Schritte auf sie zu und sah sie lange an. Er hatte Mühe, sich zu beherrschen. Sie wich zurück. Er ging hinterher.

»Was haben Sie mit Fred und Hans Graumann zu tun?«, fragte er weiter.

Janne schwieg, zuckte nur mit den Schultern und wandte sich zur Seite. Ihr Zögern beendete sie mit etwas, was Ottakring nicht erwartet hätte. Sie nahm seine Hand und fuhr mit den Fingern der anderen langsam die Verzweigung der Adern entlang. Zu seiner Frage aber sagte sie nichts, nicht ein einziges Wort.

Ottakring war verwirrt. »Ich mache Ihnen einen Vorschlag, Janne«, sagte er mit gepresster Stimme.

Sie machte große Augen. »Und der wäre?«

»Wir machen eine Bergtour. Ich muss mich einmal wieder bewegen, und da wären Sie mir eine phantastische Begleiterin. Was meinen Sie? Machen Sie mit?«

Er war sicher, dass sie nicht Nein sagen würde.

Kaum hatte er sich verabschiedet und war durch die Tür ins Freie getreten, traf ihn die Situation um Lola wieder wie ein Schlag. Wie ging es ihr wohl?

Er kannte sie als widerstandsfähig, zäh und hart, wenn es die Situation erforderte. Doch er konnte nicht abschätzen, wie sie mit dieser Lebensgefahr umgehen würde. Übergangslos waren seine Gedanken komplett bei seiner Frau. Lolas drohendes Schicksal ging ihm nicht mehr aus dem Sinn. Eigentlich war er der Glas-halb-voll-Typ, daran versuchte er sich in jeder Situation festzuhalten. Doch die Aussicht, Lola verlieren zu können, zog ihn in einen Sumpf aus trüben Gedanken und bereitete ihm allergrößtes Unbehagen. Lola war sein Lebensmittelpunkt.

12

Warten auf Lola. Er war nach Hause gefahren und wollte sich eigentlich still auf die Terrasse setzen und in seinem Buch weiterlesen. Doch Frau Huber begrüßte ihn zum wiederholten Mal so herzzerreißend stürmisch und mit ausgelassener Freude, dass er es nicht übers Herz brachte, sich von ihr abzuwenden. Durch seine häufige Abwesenheit hatte sie gelitten und war nun glücklich, ihren Herrn wiederzuhaben. Er zog sich um, nahm ihren Ball mit, und sie stürmten beide in den Garten auf das mittelgroße Rasenstück.

Das bescheidene Anwesen, das Lola und ihr Mann bewohnten, lag an einer extrem ruhigen Nebenstraße, man musste vom Dorf aus ein Stück bergauf fahren, um hinzukommen. Hinter dem Haus führte das Sträßchen nicht weiter. Sie konnten toben, so viel sie wollten. Selbst wenn der Ball über den Zaun auf die Straße flog, drohte keine Gefahr. Frau Huber war kaum zu bändigen, sie war nicht müde zu kriegen, sosehr er sich abmühte.

Dabei ging ihm Lolas Schicksal nicht aus dem Kopf. In seiner vertrauten Umgebung konnte er der Katastrophe nicht mehr entrinnen. Sah man ihr die Krankheit schon an? Er konnte es nicht nachvollziehen. Jedenfalls war schwarzer Hautkrebs, wenn er sich denn bestätigen sollte, ein Todesurteil. Ein endgültiges. Drei Tage hatten sie Zeit, sich darauf vorzubereiten. Besser gesagt waren es seit heute nur mehr zwei Tage. Zwei Tage bis zum Donnerstag. Er musste unbedingt etwas tun, um sie abzulenken.

Mit Mühe schaffte er es, Frau Huber in den Ruhemodus zu bekommen. Die Hündin folgte ihm ins Wohnzimmer, wo ein Stück Fell für sie lag, das sie liebte.

Er setzte sich für einen Augenblick in einen Sessel und

schloss die Augen. Etwas zwang ihn nach kurzer Zeit, aufzustehen und einen Fuß vor den anderen zu setzen. Er fühlte sich wie in Trance, machte jedoch keinen Versuch, den Zustand zu beenden. War er das, der die Treppe emporwandelte, langsam die Klinke drückte und ihr Zimmer betrat? Er, Josef »Joe« Ottakring?

Das sehr persönliche Zimmer, in dem sie sich aufhielt, um zu denken, zu lesen und zu arbeiten, war für ihn eigentlich absolut tabu. Vielleicht zwei-, dreimal hatte er es betreten, ganz zu Beginn, als sie es eingerichtet hatte. Und jetzt setzte er sich vor ihren Schreibtisch und stierte das Foto an, das sie beide auf einem sommerlichen Berggipfel zeigte.

Noch zwei Tage! Bis Donnerstag. Sein Kopf sank auf die Tischplatte, während er sich mit den Händen an den Kanten abstützte. Es war ihm kaum bewusst, dass er weinte, zumindest nicht gleich. Er nahm es erst wahr, als seine Tränen vor ihm die Platte nässten. Er wischte sich die Augen ab und merkte, wie sein Gesicht zu brennen begann. Joe Ottakring schüttelte ungläubig den Kopf. Er, der große Ottakring, früher Mordermittler in München, Chef der Rosenheimer Mordkommission und Held zahlreicher Kriminalgeschichten, weinte!

Er merkte nicht, wie jemand leise zur Tür hereinkam. Seine Frau stand wohl schon eine ganze Weile hinter ihm, als sie ihm eine Hand auf die Schulter legte. Wie automatisch glitt seine eigene Hand an die Schulter und ergriff die andere. Zunächst war er gar nicht überrascht. Seine Verblüffung war allerdings riesig, als ihm bewusst wurde, dass sie doch eigentlich gar nicht hier sein sollte.

»Warum weinst du, Joe?«, fragte Lola Herrenhaus. »Das hab ich ja noch nie erlebt.« Sie lachte ihn an. Als ob nichts im Raum stünde zwischen ihnen, keine Schreckensnachricht, keine Todesgefahr.

»Wie kommt's, dass du hier bist?«, erwiderte er. »Ich hab dich in München vermutet.«

Mit einer Hand fuhr sie flapsig durch die Luft. »Ich kenn dich doch, Schatz«, sagte sie. »Ich wusste, dass du dir Sorgen machst, da hab ich mich im Dienst vertreten lassen. Weinst du wegen mir?«

Er langte nach hinten und umfasste ihre Hüfte. »Nein«, gab er zurück, »ich hab nur grad an meine Schulzeit gedacht.«

Übermorgen, Donnerstag, würde seine Lola eine Nachricht empfangen, die Leben oder Tod bedeutete. Auch für ihn, Joe Ottakring, ging es darum.

Lola lachte, so wie er es mochte. Halblaut und perlend. »Alles wird gut«, sagte sie. »Am Donnerstag wissen wir mehr. Du musst doch auch arbeiten, oder?«

***

Auftraggeber hin oder her, auf Dauer ließ sich Janne Thaler nichts vorschreiben, was sie nicht auch freiwillig tun oder einhalten würde. Man hatte ihr quasi verboten, Kontakte zu knüpfen, Verabredungen einzugehen oder ganz allgemein aktiv auf fremde Menschen zuzugehen.

Schon als Kind und Jugendliche daheim auf ihrem Tiroler Hof hatte sie sich nicht alles sagen lassen. Weder von den Eltern noch von ihrer älteren Schwester. Der Einzige, auf den sie gehört hatte, war Großvater, ihr Appa, wie sie ihn nannte. Er hatte ihr am Stubaier Gletscher die Anfangsschwünge beim Skifahren beigebracht.

Appas großes Hobby war die Holzschnitzkunst gewesen. Das Holz dafür suchte er sich im Wald selbst aus. Buchen, Zirben und frei stehende Linden waren seine Hauptthölzer. Hauptsächlich schnitzte er religiöse Motive wie Engel, Marienfiguren, Kruzifixe, Heilige. Doch auch vor anderen Figuren und vor Gebrauchsgegenständen machte er nicht halt. Im Herstellen von Holzkassetten, Möbelverzierungen, Jagdmotiven oder Holzspielzeug war er ein wahrer Meister gewesen. Das letzte Werkstück vor seinem Tod, der Sankt Ägidius, war das Vorbild für den von Janne selbst gefertigten Heiligen gewesen, den sie so gern am Hals trug. Er war die Brücke zu ihrem Appa. Als er starb, war für sie eine Welt zusammengebrochen.

Uneins mit sich und der gesamten Welt hatte sie allein in ihrem Zimmer gesessen. Appa war zu jener Zeit schon im Krankenhaus gewesen, und Janne hatte niemanden, dem sie ihr Leid hätte klagen wollen. Dann war ihre Mutter ohne zu klopfen ins Zimmer gestürmt gekommen. Gegen ihre Gewohnheit hatte Janne sie umarmt und sich an sie geschmiegt wie manchmal am Abend, bevor sie ins Bett ging.

Mutters Herz schlug schnell, das war deutlich zu spüren. Mutter hatte sie losgelassen und ihr ins Gesicht geschaut. Wenn sie in der Früh geweckt wurde, war Mutters Gesicht wie eine weiße Sonne neben ihr aufgegangen, und Janne sog ihren Geruch ein, den sie manchmal noch im Klassenzimmer schnupperte, obwohl ihre Nachbarin wieder nach Zwiebeln, Stall und Schweiß roch.

Über Jannes Wangen waren plötzlich Tränen geronnen. Sie wusste Bescheid. Sie fing an zu zittern. Und ihre Mutter sagte: »Jetzt ist dein Appa nicht mehr da.«

Er war lange im Krankenhaus gewesen und hatte es ihr auch selbst gesagt: »Bald bin ich nimmer da, kleine Janne. Ich werde sterben. Pass auf dich auf.«

Am Grab wäre sie ihm am liebsten hinterhergesprungen. Ja, sie hatte den Appa sehr lieb gehabt. Sie vermisste ihn noch heute und dachte oft an ihn. Lange noch war er mit ihr in den Bergen unterwegs gewesen, sommers wie winters. Bis ins hohe Alter ging das so. Als er selbst nicht mehr Ski fahren konnte, hatte er sie in der Gondelbahn bis hinauf begleitet, mietete sich einen Liegestuhl, trank einen Merlot und wartete auf seine Kleine.

Und nun wollte dieser Ottakring mit ihr eine Bergtour

machen. Sie war unsicher, wie sie sich verhalten sollte. Neuerdings empfand sie eine tiefe Abneigung gegen solche Extremwanderungen. Sie hatte sich geschworen, nie wieder bergauf zu gehen, wenn es nicht sein musste, noch viel weniger, einen Berg zu besteigen. Abgesehen davon, dass sie durch die Kontakte mit ihm ohnehin gegen die Anweisungen verstoßen hatte, war die Situation bereits eskaliert, und das beunruhigte sie noch stärker.

Sie befand sich mitten in solchen Überlegungen, als es am Abend an der Tür klingelte. Sie war gerade vom Geschäft heimgekommen und hatte sich umgezogen. Schwarze Leggings, graues T-Shirt, Birkenstock. Sie war geneigt, nicht zu öffnen, doch dann überwog die Neugierde. Sie zog die Tür bis zur Sicherheitskette auf.

Als sie sah, wer draußen stand, verzog sie angewidert den Mund. »Ja bitte?«

»Liebe Frau Thaler, hätten Sie drei Eier für mich?«

Sie wollte schon die Tür wortlos zuschlagen, da wurde sie von ihrem Appa eingeholt: »Sei immer höflich zu den Menschen, behandle sie so, wie du selbst behandelt werden möchtest!«

»Einen Augenblick, Herr Martin, ich schau nach. Wofür brauchen Sie die Eier?«

»Ich liebe halt Pfannkuchen. Heute mach ich mir Marmeladepfannkuchen. Dafür brauch ich drei Eier.«

Sie hatte die Kette aus der Verriegelung gezogen und die Tür bis zum Anschlag geöffnet. Der Mann wollte noch etwas sagen, brach aber ab.

»Einen Moment.« Sie zog die Tür wieder etwas zu.

Durch den hell erleuchteten Flur eilte sie in die Küche und an den Kühlschrank. Er war voll bis obenhin. Aber Eier? Sie musste kramen. Sie stand mit dem Rücken zur Tür und hatte ihre Selbstsicherheit wiedergefunden. Sie fand die Eier und nahm drei in die Hand.

»Schön haben Sie's hier.« Herr Martin stand unter der Küchentür. Er war ungewöhnlich groß und hatte langes brünettes Haar. Er trug eine grüne Trachtenjoppe mit Silberknöpfen. Als sich Janne umdrehte, strich er sich mit einer Hand übers Haar.

»Kreizkruzefix, schauen Sie, dass Sie rauskommen!« Janne konnte herrlich fluchen, in schönstem Tirolerisch. Sie lief auf den Nachbarn zu und stieß ihn vor die Brust. »Sacklzement, geh aussi! Da Deifi soi di hoin!«

Herr Martin taumelte leicht nach hinten, der Tür entgegen. Er lächelte Janne an. »Einen hübschen Wortschatz haben Sie da, hätte ich gar nicht gedacht.« Er räusperte sich und streckte die Hand nach der Tür hinter sich aus. »Und was ist jetzt mit meinen drei Eiern?«

Mit einer weit ausholenden Bewegung schleuderte Janne ein Ei gegen Martins Kopf. Sie traf die Stirn. Es war kein angenehmer Laut und kein schöner Anblick.

Herr Martin wischte sich mit der Hand übers Gesicht. »Hätten Sie vielleicht ein Tuch?« Er sprach wie mit vollem Mund. »Ein Handtuch vielleicht? Oder wenigstens ein Taschentuch, auch ein gebrauchtes? Und was ist jetzt mit meinen drei Eiern?«

Janne Thaler konnte nicht anders. Zuerst blies sie die Wangen auf und prustete, dann brach sie in ein höllisches Lachen aus. Mit einem fast unverständlichen »Hier sind zwei, das dritte ist leider runtergefallen« reichte sie ihm die beiden übrig gebliebenen Eier. »Aber iatz schleich di!«

Es wurde ein versöhnlicher Abend. Auf zauberhafte Weise hatte es Herr Martin geschafft, doch noch das dritte Ei aufzutreiben. Und irgendwie hatte es Janne geschafft, ihren Zorn zu bändigen. Sie klingelte, trat ein und war willkommen.

Der lange Kerl werkelte in der Küche, es roch nach Teig in der Pfanne. Er bot ihr einen Sherry an. Wie lange hatte sie keinen Sherry mehr getrunken? Sherry war out. Sie nahm an. Die schweren Gläser klangen hell, als sie kurz miteinander anstießen. Als er den dritten Pfannkuchen fertig hatte und auf eine Warmhalteplatte legte, bestellte sie noch einen zweiten Sherry.

Dann bat er zu Tisch. Einen Pfannkuchen hatte er mit Marillenmarmelade gefüllt, den anderen mit englischer Orange Jelly und je einen eingerollt auf die Teller gelegt. Janne war erstaunt über sein Geschick. Da war nichts Unbeholfenes, wie sie ursprünglich vermutet hatte.

»Was machen Sie eigentlich beruflich so?«, wollte sie wissen.

Er sah sie an. »Ich arbeite für den britischen Secret Intelligence Service, besser bekannt aus James-Bond-Filmen als MI6«, gab er zu verstehen.

Janne wusste nicht recht, wie sie mit seiner Behauptung umgehen sollte. Sie ging davon aus, dass es seine Art von Humor war, und äußerte sich nur mit einem knappen »Aha!«. Bisher hatte sie ihn für einen aufdringlichen Blödmann gehalten. Sie bohrte nicht weiter nach.

»Und Sie?«, fragte er mit vollem Mund zurück. »Wo arbeiten Sie?«

Sie hasste Menschen, die mit vollem Mund redeten. Es war unhöflich und unästhetisch. Aber sollte sie ihn zurechtweisen? Sie gab sich einen Ruck. »Wieso fragen Sie?«, sagte sie, nachdem sie einen Bissen des vorzüglichen Marillenmarmeladepfannkuchens vom Mund in den Verdauungstrakt befördert hatte. »Wenn Sie beim Geheimdienst sind, dürfte Ihnen so etwas doch nicht verborgen bleiben. Oder, Mister Martin?«

Er legte das Besteck zur Seite, schluckte und sah sie an. »Janne Thaler, geborene Tirolerin, Gold- und Silberschmiedemeisterin, Juwelierin, eigenes Geschäft am Grünen Markt, früher Rennskifahrerin, das, was Sie da um den Hals tragen, ist ein selbst gefertigter Sankt Ägidius.« Er reichte über den

Tisch und legte ihr eine Hand auf den Arm. »Ach ja«, meinte er, »und ständig in Finanzmittelknappheit. Aber das nur am Rand.«

Janne merkte erst nach einer Weile, dass er sie mit der Hand berührte, so sehr raubte ihr die Sezierung ihres Lebens den Atem, der sie soeben hatte beiwohnen müssen. Was war das für ein Kerl, dieser Martin? War das überhaupt sein wirklicher Name? Sie traute ihm nun alles zu.

»Sie wirken nachdenklich«, sagte er leise, nachdem er Sekunden später seine Hand wieder an sich genommen hatte. »Denken Sie darüber nach, wie der Abend weitergehen soll?«

Kann der Typ sogar Gedanken lesen?, fragte sie sich. Wobei – sicher war es ihm ebenso bewusst wie ihr, dass so ein Abend nach Sex verlangte, zumindest soweit sie sich in der Gedankenwelt der Männerwelt auskannte. Sie kam unangemeldet zu ihm in die Wohnung, ließ sich einladen, saß mit ihm an einem Tisch in seinem Zimmer. Sie waren sich schon nähergekommen, hatte sie das Gefühl, bevor er diese doofen Infos ausgespuckt hatte. Das Angebot hatte er ja wohl kaum übersehen.

In Sekundenschnelle überlegte Janne. Sollte sie ihm noch einmal einen Brocken hinwerfen? Ihn mit der Nase darauf stoßen? Doch ihre Entscheidung hatte sie in Wirklichkeit längst getroffen. Ob sie über den Verlauf des Abends nachdenke, hatte er gefragt.

Sie schaute auf und war plötzlich wieder hellwach. »Nein, jetzt nicht mehr.« Sie stand auf, nickte ihm kurz zu, drehte sich um und war so überfallartig wieder weg, wie sie aufgetaucht war.

Also doch ein widerlicher Kerl, sagte sie sich.

13

Die attraktive, gepflegte Lola Herrenhaus bewies Charakter. Nichts war ihr anzumerken von der Möglichkeit, dass sie kurz davorstand, zum Tod verurteilt zu werden. Tagsüber ging sie ihrer Arbeit nach, auch in diesem Punkt war Lola pflichtbewusst bis über beide Ohren, und zu ihrem Joe war sie aufregend zärtlich und, wenn sie in Stimmung waren, auch sehr aufregend.

Joe Ottakring und Lola Herrenhaus waren ein schönes Paar: ein nobler älterer Herr mit seiner gepflegten, attraktiven Frau. Und am Donnerstag war Schicksalstag: Sie würde ihr Urteil erhalten, das hoffentlich milde ausfallen möge.

Beide waren sich einig, die wenigen Tage bis zum Donnerstag nicht allein in ihrem Heim verbringen zu wollen. Das Dach würde ihnen zu sehr auf den Kopf fallen. Also flüchteten sie – aus dem Haus und aus dem Dorf. Am Dienstagabend besuchten sie ein befreundetes Paar in Rosenheim, er ein bekannter Anwalt, sie Richterin am Finanzgericht. Am Mittwoch fuhren sie nach München und gingen zu einem Konzert in die Philharmonie.

Joe konnte kaum verbergen, dass mit ihm etwas nicht stimmte. Sosehr er sich bemühte, die Anzeichen zu unterdrücken, würde Lola wohl feststellen, dass er ungewöhnliche Orientierungs-, ja Gleichgewichtsprobleme hatte. In der Philharmonie hatte er Mühe, durch eine Tür in den Saal zu kommen, er torkelte gegen die Studentin, die am Eingang die Karten kontrollierte. Als sie schließlich auf ihrem Platz im Block G saßen, stand ihm der Schweiß auf der Stirn, er presste sich wie verängstigt in seinen Sitz und riss die Augen weit auf.

»He, was ist mit dir?«, fragte Lola mit gefurchter Stirn. Geheuer war ihr sein Verhalten offenbar nicht.

Oder hatte sie etwas ganz anderes gefragt? Joe war sich nicht sicher.

Auf der Heimfahrt musste sie sich ans Steuer setzen und fahren. Ihm war nicht wohl, wie er es ausdrückte.

Er sah Lola etwas nachdenklich im Dunkel des Autoinneren lächeln. Dachte sie gerade an den morgigen Donnerstag?

Noch während der Autofahrt entwickelte Ottakring eine Technik, seine Probleme zu tarnen. Erst vor Tagen hatte er bemerkt, dass ihm ab und zu die Orientierung fehlte, er also nach Süden statt nach Westen trabte. Wenn er daheim in den Keller ging, überfielen ihn Panikattacken und Schwindelgefühle. Als wäre er dabei, den Brünnstein wieder zu besteigen. Seine größte Furcht war, abzustürzen oder einfach umzufallen.

Auch die dicht gedrängten Menschenmassen bei dem Konzert in der Philharmonie hatten bei ihm Schweißausbrüche und Herzjagen verursacht. Mehr noch, sie hatten ihn in einen regelrechten Angstzustand versetzt. Er, der früher jedem kriminellen Gegner ohne Furcht entgegengetreten war, geriet an den Rand unkontrollierbarer Hysterie, wenn er nur daran dachte, wie die Menschenmassen ihn umkreisten, wie sie grinsten, ihn anstarrten. Wie bösartige Karikaturen. Am Ende war er völlig erschöpft gewesen, ermattet.

Gegen diese widerwärtigen Zustände ersann Ottakring eine Methode, nur eine einzige. Eine, die ihm helfen sollte, Angst, Schwindel und Ohnmacht zu besiegen: Er stellte sich einfach im Geist an Lolas Seite. Was ist dein bisschen Schwindel schon gegen die Gefahr, die Lola droht?, sagte er sich laufend. Du musst bei ihr sein und zu ihr stehen und darfst nicht schlappmachen. Sie braucht dich! So versuchte er, gegen seine eigene Krankheit anzukämpfen.

Und der Donnerstag nahte unerbittlich.

***

Die Tage im Leben der Janne Thaler waren bisher ziemlich ereignislos verlaufen. Deshalb hatte der Besuch, den sie am Mittwoch unmittelbar nach Geschäftsschluss erhalten hatte, einen umso heftigeren Effekt.

Energiegeladen stand ein Mann im Anzug und mit einer Gesichtsmaske an der Glastür zum Geschäft. Die Maske zeigte Donald Trump.

Janne machte den Fehler, zu öffnen und zu fragen, was er wolle.

Später wusste sie nicht mehr, wie sie es geschafft hatte, sich in dieser Situation so cool zu verhalten. Das Ding war furchteinflößender als die grauslichste Halloweenmaske.

»Das kann ich Ihnen erst beantworten, wenn ich Ihre Preziosen gesehen habe.« Die Stimme klang, als käme sie aus einem hohlen Baumstamm.

Da beging Janne den zweiten Fehler: Sie ließ den Mann herein. Und fragte ihn auch noch, wer er sei.

Er machte den Fehler, ihr zu antworten: »Das geht Sie einen Dreck an! Schließen Sie die Tür ab! Aber hopp!«

Naiv, wie Janne war, fragte sie halblaut: »Ist das ein Überfall oder was?«

Der Mann griff nach ihr und bugsierte sie Richtung Eingang. »Tür abschließen! Aber dalli!«

Jannes Juweliergeschäft lag unter den Arkaden. Nach vorn, zum Grünen Markt hin, hatte es eine durchgehende, etwa drei Meter breite Glasfront, der Innenraum war hell beleuchtet. Janne ging zur Tür und tat, als schlösse sie ab. Dann machte sie einen Schritt zur Seite und drückte den Lichtschalter. Das Licht erlosch, der Laden lag im Dunkeln. Sie sprang zur Tür, riss sie auf und wollte hinausschlüpfen.

Brutale Gewalt riss sie zurück ins Innere. Das Licht blieb aus.

»Dreckstück, verdammtes, hör auf, mich reinlegen zu wollen. Siehst du, was ich in der Hand habe?« Der Kerl brüllte nicht, er schrie nicht. Er quetschte das, was er sagte, durch die Zähne.

Ja, etwas blitzte in seiner Hand. Es war keine Pistole, wie Janne zuerst vermutete. Es war ein Messer von etwa Armeslänge, so empfand es Janne.

»Ich stech dich ab, du Schlampe. Gib mir das Bargeld! Alles, was da ist. Aber dalli!«

Janne hatte den ganzen Tag noch nichts eingenommen. Sie spürte heimliches Frohlocken. Einen ebenso heimlichen Blick warf sie nach draußen. Was konnte sie tun, um sich bemerkbar zu machen?

Zum Konzept des privaten Sicherheitsdienstes gehörten Zusatzpatrouillen, deren Häufigkeit und Zeitpunkt von einem Zufallsgenerator in der Zentrale festgelegt wurden. An diesem Donnerstag traf es die Patrouille auf dem Weg in den Feierabend. Konrad Fröschl fuhr den Wagen, Benedikt Buberger saß daneben und hatte die Aufsicht.

»Zusatzpatrouille Grüner Markt«, meldete sich der Funk, als sie in die Tiefgarage der Zentrale einbogen. »Bitte kommen.«

»Scheiß-Zufallsgenerator«, murmelte Konrad Fröschl. Es hörte sich wie Fluchen an.

»Wir könnten schon ausgestiegen sein«, schlug der Buberger-Bene auf Bayrisch vor. »Dann hören wir es ned.« Er war seit Neuestem mit der hübschen Verkäuferin im Elektrogeschäft verbandelt und wollte zu ihr.

»Wir sind aber noch nicht ausgestiegen«, widersprach Konrad. Er hatte keine Verabredung außer seinem Stammtisch, und der war später. Dort würde er wichtig fragen: »Wisst ihr, was mir der Scheiß-Zufallsgenerator heute wieder eingebrockt hat?« Er wendete das Fahrzeug und nahm den direkten Weg zum Grünen Markt.

Bene gab Meldung ab.

Die Zentrale beschrieb den Ort und das Problem. Überfall auf das Juweliergeschäft. »Und seid vorsichtig. Der Kerl ist bewaffnet.«

»Kein Bargeld? Ich warne dich! Spiel keine Spielchen mit mir!« Die Maske fuchtelte mit dem Messer vor Jannes Gesicht herum. Dann holte der Mann aus und wischte mit einer einzigen Bewegung sämtliche Gegenstände, die sich auf der Vitrine hinter Janne befanden, auf einen Haufen zusammen. Vorher hatte er die Glas-Schiebetür zurückgezogen. Ringe, Armbänder, Halsketten, Ohrringe, Anhänger und anderer Zierrat, wirr über- und untereinander.

»Los, pack das Zeug ein!«, befahl er.

Einzeln begann sie die Schmuckstücke in einen Stoffbeutel mit ihrem Logoaufdruck zu packen.

»Stell dich nicht so an«, schrie Trump. Mit derselben Bewegung wie vorhin wischte er die Sachen in den Beutel. Er nahm ihr den Beutel ab und sah sich weiter um. Den Kopf hielt er schief. Offenbar behinderten ihn die Augenlöcher in der Maske.

Angst empfand Janne nicht. Kein bisschen Angst. Sie hätte nur zu gern gewusst, wer sich hinter der Maske verbarg.

»Hast du keinen Tresor?«, zischte der Mann undeutlich hinter der Maske hervor.

Janne tat, als könnte sie ihn nicht verstehen.

Statt weiterzufragen, eilte Trump wie auf Rollschuhen durch den Laden und prüfte alle Wände, hob hier einen Vorhang, hängte dort ein Bild ab. »Kein Tresor?«, presste er hervor.

Fast hätte Janne gelacht. Später einmal vielleicht. Aber momentan hatte sie absolut keinen Bedarf an einem Tresor. Schweigend schüttelte sie den Kopf.

Draußen schien sich etwas zu tun. Ein Kombi hatte direkt vor dem Schaufenster gehalten, ein Mann in lässiger Jacke stieg aus, der Fahrer blieb im Wagen sitzen. Der Lässige drückte sich die Nase am Schaufenster platt und versuchte das Innere zu erkennen.

Trump trat hinter Janne, umfasste ihre Taille und zog sie mit einem Ruck zurück.

Als sei nichts geschehen, wandte sich der Mann draußen ab, ging zum Fahrzeug und wechselte ein paar Worte mit dem Fahrer, der das Fenster herabgelassen hatte. Er ging um den Wagen herum, öffnete die Beifahrertür, warf sich auf den Sitz, während der Fahrer wild gestikulierend telefonierte. Das Auto rauschte mit einem mächtigen Satz davon.

Vier Minuten später erschien die Polizei vor dem Geschäft. Sie kam mit zwei Streifenwagen, je ein Beamter und eine Beamtin sprangen heraus und auf das Geschäft zu. Es war verschlossen.

»Aufmachen, Polizei!«

Janne Thaler kam hinter der Verkaufstheke hervor, hinter der sie sich versteckt hatte.

»Wo ist er?«, fragte die Beamtin. Groß, hager, Pferdeschwanz, Sportbrille.

Janne musste nicht lange raten, was die Hagere meinte. »Gerade rausgerannt«, sagte sie keuchend. »In diese Richtung.« Sie deutete zum Ludwigshof.

»Wann ›gerade‹? Wann genau?«

»Vor zwei Minuten. Grad eben.«

Ein Beamter drehte sich um, lief zum Auto und warf sich hinein. Mit Blaulicht, Sirene und ächzenden Reifen raste der Wagen um die Ecke.

»Beruhigen Sie sich«, ergriff die zweite Beamtin das Wort. »Nesrin Candemir«, stand auf ihrem Namensschild. »Was ist passiert?«

In knappen Worten schilderte Janne das Geschehen. Sie wirkte gefasst. »Eigentlich wollte er Bargeld«, schloss sie. »Aber ich hab keines. Auch keinen Tresor.«

»Wir sind im Bild«, sagte die Hagere. »Sie haben das wunderbar gesagt. Knapp und treffend. Ganz anders als Frauen sonst.«

Die Schwarzhaarige hatte auf dem einzigen Stuhl Platz genommen, Block und Stift in der Hand. »Geben Sie uns eine Beschreibung des Täters«, sagte sie. »Kam er Ihnen bekannt vor? Könnte es sein, dass Sie ihn schon einmal gesehen haben? Sein Outfit, seine Bewegungen?«

Konsequent schüttelte Janne den Kopf. »Nein, den kenn ich ned, ganz bestimmt ned. Er hatte eine Maske auf und war schwarz angezogen. Mehr war ned zu sehen.«

»Groß? Klein? Dick? Dünn?«

»Nichts Auffallendes. Mittel, würd ich sagen, normal. Eins achtzig oder so.«

Candemir notierte. »Was war das für eine Maske?«, fragte die Hagere. »Gummi oder starr? Eine Faschingsmaske?«

Janne nickte heftig. »Ja, da hab ich mich gewundert. Es war eine Maske mit dem Ami-Präsidenten, dem Trump.«

»Hat er gelächelt? Hat er Zähne gezeigt?«

»Haben Sie den schon mal lächeln sehen? Nein, er sah aus wie immer. Eine Visage zum Fürchten. Starr, kein Gummi.«

»Und er hat die Maske nicht abgenommen?«

»Nein, hat er nicht. Nie.«

Als die Befragung zu Ende war, kam das eine Polizeiauto wieder vorgefahren.

»Haben wir nicht auftreiben können, den Kerl. Gesehen hat ihn auch niemand. Jedenfalls war da nichts Auffälliges.«

»Auch keine Trump-Maske?«, fragte die Candemir.

Sie stieß auf Unverständnis.

»Der Mann hat eine Trump-Maske getragen. Weißt schon, die vom Ami-Präsidenten.«

»Ach so. Nein, nix gesehen, sorry.«

Janne schaute auf und lächelte. »Simmer damit fertig?«, fragte sie in die Runde.

Die vier Polizisten sahen sich gegenseitig an.

»Ja, des simmer wohl«, meinte der älteste. Er ging auf Janne zu und gab ihr die unvermeidliche Visitenkarte. »Falls Ihnen noch was einfällt.«

***

Als Lola Herrenhaus am Donnerstag zur Arbeit fuhr – der Termin beim Hautarzt war erst um siebzehn Uhr fünfzehn –, begleitete ihr Mann sie wie immer nach draußen zu ihrem Wagen. Dabei achtete er sorgfältig darauf, nirgendwo anzustoßen oder hängen zu bleiben.

»Pass auf dich auf«, meinte Lola.

Er klammerte sich an die Wagentür. Sie griff mit der Hand nach ihm. Ihr Mann zog die Hand weg. Er versuchte, sich aufrecht hinzustellen und zu winken. Das misslang. Er fiel um.

Lola stellte den Motor ab, öffnete die Tür und stieg aus.

Ottakring lag auf dem Boden. Mit aller Gewalt versuchte er, sich aufzurichten. Auch das misslang. Er kippte immer wieder und wieder um.

Ihr ganzes Leben lang war Lola Herrenhaus eine energiegeladene, couragierte Frau gewesen. Sie hatte in ihrem Beruf Erfolg gehabt und war bis an die Spitze der Münchner TV-Redaktion vorgedrungen. Ihre und Joes unregelmäßige Dienstzeiten hatte sie klaglos weggesteckt und versucht, mit den Launen ihres Mannes Nachsicht zu üben. Aber das war zu viel. Was war mit Joe passiert?

Lola beugte sich zu ihm hinunter. Sie fasste ihn am Arm und versuchte ihn emporzuziehen.

Doch er erwies sich als zu schwer für sie. Außerdem sperrte er sich gegen die Hilfe. »Lass das«, knurrte er unwillig. »Ich komm schon selbst hoch.«

Nach zwei misslungenen Versuchen blieb er weiter am

Boden und murmelte er: »Möchte wissen, was das ist. Mir ist richtig schwindelig. Und ein bisserl schlecht ist mir auch.« Er sah zu Lola auf. »Keine Angst. Kotzen werd ich nicht gleich. Keine Angst.«

Es war eine Art Selbstgespräch, das Lola mithörte. Schlaganfall?, geisterte es durch ihren Kopf. Aus ihrer TV-Arbeit hatte sie eine Vorstellung davon, was in einem Fall wie seinem zu tun war. Ihn nach seinem Namen fragen. Seine Reaktionen prüfen. In die Augen leuchten. Prüfen, ob die Arme, Hände und Beine beweglich waren oder ob sie sich versteift hatten. Doch bei Joe verzichtete sie darauf. Es wäre ihr kindisch vorgekommen. Stattdessen rief sie die 112 an.

Unverzüglich hatte sie Kontakt. Sie schilderte das Problem und ihren Eindruck. »Schlaganfall? Nein, das glaube ich eher nicht. Aber kommen Sie und sehen Sie selbst.«

Ottakring wehrte sich nach Kräften. »Nein, das will ich nicht, was soll das? Ich und Schlaganfall? Seit wann unterschätzt du mich so?« Ums Verrecken wollte er nicht weggebracht werden. »Sie bringen mich am Ende noch in die Klapsmühle«, sagte er. »Das kannst du nicht wollen, Lola.«

Darauf ging sie nicht ein. Ihr Gefühl sagte ihr, dass die Zeit drängte. Sie verständigte ihre Assistentin, dass es heute noch ein wenig dauern würde, bis sie käme.

Kaum hatte sie aufgelegt, hielt mit einem kräftigen Ruck der Notarzt schon vor ihr. Er hatte einen Gehilfen dabei. Das Rettungsfahrzeug fuhr wenig später vor.

14

Der Obermayer Anderl war schon lange Malteser-Fahrer im Rosenheimer Land. Unterwegs hatte er Bescheid bekommen, wohin der Einsatz führen sollte. Vielmehr zu wem. Lola Herrenhaus und Josef Ottakring. Beide Namen waren ihm ein Begriff. Vom Ottakring wusste er, dass der ein wichtiger Mann bei der Polizei gewesen war. Er kannte ihn aus der Zeitung, und das Gesicht der Herrenhaus hatte er schon öfters im Fernsehen gesehen. Er wusste natürlich, dass er solche Fälle besonders ernst zu nehmen hatte. Leute in solchen Stellungen konnten einem das Leben schwer machen.

Aufträge wie dieser, das hatte sich herumgesprochen, genossen Vorzug bei Rettungseinsätzen. Das war gut fürs Geschäft und deshalb ausgesprochen populär. Als er auf Geheiß des Doktors den Patienten mit seinem Kollegen auf die Bahre legte und anschnallte, ging er also äußerst aufmerksam mit ihm um. Und als der Mann zu plärren begann und zu randalieren versuchte, hielt er ihn sanft in Zaum.

»Sie müssen ganz ruhig sein«, sprach er halblaut. »Es wird Ihnen nichts passieren. Alles wird gut.«

Gar nichts wurde gut. Ottakring konnte die Aufschrift des Werbeschilds erkennen, als sie in die Anstalt einfuhren. Sie brachten ihn zum Inn-Salzach-Klinikum Wasserburg.

»Das ist das frühere Gabersee!«, rief er erschrocken aus.

Gabersee hieß der Stadtteil, in dem die Psychiatrie lag. Früher war sie als unnachsichtig und hart durchgreifend verrufen gewesen, sie hatte sich ein übles Image erworben. Deshalb hatte man sie rundumerneuert und umbenannt.

Der Anderl nickte sanft und strich ihm ein Büschel Haare aus der Stirn. »Alles wird gut«, sagte er leise, auf harmlosen Ausdruck bedacht.

»Das hieß ganz früher ›die Irrenanstalt‹!« Ottakring war entsetzt. Er in der Irrenanstalt! Was hatte Lola da veranlasst? Er sah sich schon festgezurrt in einer Gummizelle.

Dr. Friedhelm Manotti war Facharzt für Neurologie und Psychiatrie. In jungen Jahren schon hatte er es zum Oberarzt der Neurologischen Station am Inn-Salzach-Klinikum Wasserburg geschafft. Er war siebenunddreißig Jahre alt, glücklich mit einer zehn Jahre jüngeren Dänin verheiratet und bisher kinderlos. Den Job als Vorsitzender des deutsch-sardischen Freundschaftsclubs hatte er von seinem Vater übernommen, der vor drei Jahren gestorben war und ihm zwei Mietshäuser in Decimomannu, einem Ort nahe der sardischen Hauptstadt Cagliari, hinterlassen hatte.

Vater und Mutter hatten ihm diesen ungewöhnlichen, urdeutschen Vornamen verpasst, weil sie der Meinung waren, ihn damit von vornherein integrieren zu können. Friedhelm war Mitglied im Lions- und im Chiemsee-Yachtclub, spielte Tennis und bereicherte alle zwei Wochen eine Skatrunde. Man mochte meinen, er habe durch die vielfältigen Aktivitäten seine Frau zwangsläufig vernachlässigen müssen. Doch das stimmte nicht. Er liebte Birthe abgöttisch, er schleppte sie überall, wo es passte, mit hin.

Friedhelm Manotti ähnelte dem jungen Alain Delon. Er hatte ein sonniges Wesen, man hielt ihn für einen sorglosen Menschen, die Dinge glückten ihm. Wenn man allerdings genauer hinsah, fiel etwas Trauriges, etwas Dunkles und Entkräftetes in all seinem Charme und seinen Zügen auf, wie man es nicht selten in diesem Berufszweig findet.

Als der Kies knirschte und der Notarzt vorfuhr, gefolgt vom Rettungsfahrzeug, ging Dr. Manotti langsamen Schrittes nach draußen. Nicht, weil man ihn gewarnt hatte, dass der Patient ein hohes Tier von der Polizei in Rosenheim war. Nein, er hatte gerade Zeit und wollte sich frühzeitig ein Bild verschaffen.

»Verdacht auf leichten Apoplex. Gleichgewichtsstörungen, er lag am Boden, als ich kam, die Stirn voller Schweiß. Seine Frau hat von Panikattacken und weiteren Schwindelanfällen gesprochen. Sie werden's herausfinden, Herr Kollege. Viel Erfolg!«

Der Obermayer Anderl und sein Kollege hatten Ottakring inzwischen herangeführt. Sie hatten ihn abgeschnallt, aufgerichtet und gestützt. »Schlaganfall«, sprach der Anderl ins Leere. »Apoplex.«

Ottakring machte einen verwirrten Eindruck. Er klammerte sich an seine Helfer. Den vor ihm stehenden Oberarzt schien er nicht wahrzunehmen.

Eine Assistentin, auch im weißen Mantel, reichte Dr. Manotti ein Stück Papier. »Kriminalrat Josef Ottakring, sechsundsechzig Jahre, Pensionär, vorher Chef der Mordkommission Rosenheim«, stand da geschrieben.

Na, kein Wunder, dachte Manotti. Bei dem Job. »Neurologisch abklären«, sagte er leise zur Assistentin. »Kopf-CT, EKG, EEG. Die will ich dann sehen.«

Er ging auf den Kriminalrat zu. »Grüß Gott, Herr Ottakring«, sagte er freundlich. »Kommen Sie mit.« Üblicherweise setzte er noch hinzu: »Wie geht es Ihnen?« Doch nach dem ersten Eindruck verzichtete er darauf.

Ottakring stemmte sich gegen seine Begleitung. Er wollte etwas sagen, was wie »Gabersee« klingen sollte. Nur ein undeutliches Lallen war zu vernehmen. Die Zunge war zwischen den Zähnen stecken geblieben.

»Kommen Sie.«

Hätte man nicht gewusst, wo man sich aufhielt, man hätte die Einrichtung für eine Kuranstalt gehalten. Grüne Parklandschaft, so weit das Auge reichte. Springbrunnen, Spazierwege, umsäumt von Einzelpavillons und -gebäuden aus rotem Klinker.

Im Osten erhob sich die Sonne über den Horizont.

Der Patient Josef Ottakring wurde auf Zimmer 112 geführt. Stroke Unit, ausschließlich für Schlaganfall-Patienten. Einbettzimmer mit Blick auf die Alpen, kleines Badezimmer mit Dusche und Toilette. Er hätte sich wohlfühlen können. Aber er wusste, dass etwas nicht mit ihm in Ordnung war. Es fehlte ganz gewaltig etwas in seinem Kopf, das war ihm klar. Und – er vermutete stark, dass er sich in Gabersee befand. In Gabersee, der früheren Irrenanstalt, Klinikum hin oder her! Wie hätte man sich da wohlfühlen können? Er war beunruhigt.

Umso mehr, wenn er an Lola dachte. Heute war ihr Tag der Entscheidung. Heute Nachmittag würde sie erfahren, wie lange sie noch zu leben hatte. Die Stunde kam immer näher, in der ihm Gewissheit verschafft würde, wann er seine geliebte Frau verlieren würde. Ottakring war nahe daran, zu verzweifeln.

Dieser Schwindel machte ihm zu schaffen. Der Gedanke an Lola brachte ihn halb um. Hinzu kam die Frage, die ständig durch seinen Kopf kreiste: Hatte er tatsächlich Schuld am Tod von Lydia Graumann? Oder war er einem atemberaubenden Komplott auf den Leim gegangen? Er musste es herausfinden.

Mindestens zehn Mal hatte er schon an der Tür gerüttelt und laut nach Hilfe gerufen. Keinerlei Antwort. Er war sich sicher, dass man ihn nicht einfach so mir nichts, dir nichts einsperren durfte. Telefonieren konnte er auch nicht, man hatte ihm sein Handy – ebenso wie die anderen festen Gegenstände – abgenommen. Er stellte sich ans Fenster und blickte hinaus.

Bis er hinter sich ein Geräusch hörte. Er wirbelte herum. So rasch, dass er den inneren Halt verlor und seitlich stürzte. Es tat weh.

»Oh, Sie sind gestürzt!« Ein Pfleger kam auf ihn zu und bemühte sich um ihn. Ein zweiter stand an der Tür bereit.

»Ist Ihnen wieder schwindelig, Herr Ottakring?«

Er wusste es nicht. Ihm war vor allem schlecht. Trotzdem entfuhr ihm ein tiefer Seufzer, als der Helfer ihm unter die Arme griff und ihn hochzuziehen versuchte. Kopf-CT, EKG, EEG hatte der Oberarzt angeordnet.

***

Wie jeden Tag seit zweieinhalb Jahren war Peter Martin zur Arbeit gefahren, heute zur Spätschicht in der Erwachsenenpsychiatrie der Klinik für Neurologie. Für die dreißig Kilometer Entfernung von Rosenheim in die Nähe von Wasserburg benötigte er eine halbe Stunde.

Auf Bayern 5 verfolgte er ein Interview, in dem es um die Beziehung zwischen Mann und Frau ging. Bayern 1 war ihm zu seniorenlastig, und das Gedudel, Gerumse und Geheule auf Bayern 3 war ihm zuwider. Er mochte die Ruhe, Aufregungen gab es in seinem Beruf genug. Deshalb schaltete er auf seinen Fahrten meist den Nachrichtensender ein. Einfach nur, um Gesprochenem zuzuhören.

Während des Radiogesprächs tauchte das Bild der Frau vom vierten Stock auf, Janne Thaler, mit der er diesen denkwürdigen Abend in seiner Wohnung verbracht hatte. Er war ungeheuer überrascht und erfreut gewesen, als sie bei ihm geschellt und sich mit ihm an seinen Tisch gesetzt hatte. Er hatte sich schon tief greifende Hoffnungen gemacht. Ums Verrecken hatte er keine Ahnung, wovon sie da plötzlich gepackt worden war, als sie wie aus heiterem Himmel das Gespräch abgebrochen hatte.

Er war in sich gegangen und hatte überlegt, ob der Grund sein Blödsinn mit dem MI6-Agenten gewesen sein konnte. Als er sich selbst zum Geheimagenten Ihrer Majestät gezaubert hatte. Es war einfach über ihn gekommen, diesen Spruch einzustreuen, weil es gerade so herrlich passte, wie er fand. Dass jemand so wenig Durchblick und Humor besitzen sollte, um nicht zu erkennen, wie seine Bemerkung gemeint war, konnte sich Peter Martin nicht vorstellen.

Nach diesem Ereignis waren sie sich noch zwei- oder dreimal begegnet, im Treppenhaus und einmal in der Stadt. Ein beiderseitiger knapper Gruß war alles, was sie von sich gaben. Es hatte ihm jedes einzelne Mal einen kleinen Stich versetzt. Doch er hatte nicht den Mut besessen, Janne Thaler anzusprechen. Angst vor einer Blamage würde sein seelisches Gefüge wohl besser beschreiben.

Es herrschte das übliche Gedränge auf der B 15. Überholen war unmöglich, so zockelte er mit fünfunddreißig hinter einem Traktor her oder mit fünfundfünfzig hinter einem Milchlaster. Hinter Rott am Inn lockerte sich seltsamerweise der Verkehr, und er kam zügig voran. Er kam auch auf andere Gedanken.

Unterwegs erfuhr er durch einen Anruf der Station von einem neuen Patienten. Er könne sich nur schwer einfügen. Er habe einen außergewöhnlichen Beruf und trage einen schwer einprägsamen Namen – Ottakring. Joe Ottakring. Peter Martin konnte sich den Namen gut merken, weil er sich in Wien recht passabel auskannte und Ottakring ein Stadtteil von Wien war, wenn auch nicht gerade der eleganteste. Er war gespannt.

Wie meist war der Parkplatz gut besetzt. Peter Martin brauchte eine Weile, bis er eine Lücke fand. Über ein schmales Tor kam er zu der kleinen Parkanlage, auf dessen Rasen einige Tischgruppen mit Stühlen standen und bei besonderen Gelegenheiten sogar Lampions hingen. Er überquerte den Rasen und betrat das Hauptgebäude.

Im Lichthof wurde er von einer Kollegin abgefangen, die er ein wenig verehrte. Er wusste, dass sie verheiratet war, doch »sie taugte ihm«, wie er sich ausdrückte. Sie trug das dunkelblaue Shirt mit der Klinikaufschrift, das sie alle trugen, und hautenge weiße Jeans zu weißen Sportschuhen.

»Beeil dich«, rief sie ihm zu. »Du bist für den Neuen zuständig. Sie warten schon auf dich.«

»Ottakring«, erinnerte er sich halblaut. »Joe Ottakring.«

Sie hob den Daumen, nickte und ging weiter.

In seinem Dienstzimmer fand er einen Computerausdruck mit Patientendaten und Anweisungen. Er zog sich um und eilte hinaus, um zum Nachbarbau zu gelangen. Dort befand sich die Stroke Unit.

Er klopfte an die Tür zu Zimmer 112. Zuerst zaghaft, dann energischer. Keine Reaktion. »Gespräch suchen«, lautete der Auftrag auf dem Ausdruck. Er drückte die Klinke. Es war offen. Vorsichtig schwang er die Tür auf.

Die Einrichtung der Patientenräume war überall gleich: Ikea-Stil mit Bett, Schrank, Sessel, rundem Tisch mit zwei Stühlen, Kunstdrucken mit Landschaftsbildern der Region an der Wand. Kein Fernseher, kein Telefon, nicht einmal eine Uhr. Dieses Zimmer war kein Ort für Erholungsuchende.

Ottakring saß im Sessel und schaute ins Grüne zum Fenster hinaus, das vorhangbewehrt links von ihm lag. Er trug Jeans und einen Wolljanker zu Hausschuhen. Volles Haar. Er wirkte massiv.

»Grüß Gott, Herr Ottakring. Darf ich mich vorstellen? Ich bin Ihr Pfleger. Peter Martin ist mein Name.«

Abermals keine Reaktion. Der Blick des Patienten blieb starr am Fenster kleben.

Peter Martin trat näher. »Herr Ottakring?«

Ohne den Kopf und nahezu ohne den Mund zu bewegen, äußerte sich der Patient. »Es ist fast dunkel. Wie spät ist es?«

Peter Martin schob den Ärmel zurück. »Halb sieben«, sagte er. »Sie können zum Abendessen gehen. Ich werde Sie begleiten. Doch vorher sollten wir uns noch ein wenig unterhalten.«

»Dann hat sie es schon erfahren«, sagte Ottakring. »Wenn es fast dunkel ist. Halb sieben.«

»Schwindelanfälle«, stand auf dem Ausdruck. »Verdacht auf

Schlaganfall«. Der Mann musste verwirrt sein. »Wen meinen Sie? Wer hat was erfahren?«

»Ich will hier raus. Ich muss zu meiner Frau. Sorgen Sie dafür, dass ich hier rauskomme.«

»Selbstverständlich. Sie kommen hier wieder raus, Herr Ottakring. Sie müssen nur erst behandelt werden. Und das bestimmt der Herr Oberarzt.«

Nun kam Leben in den Körper des Kranken. Er sprang auf und stellte sich vor Peter Martin hin. »Jetzt, sage ich. Ich will *jetzt* raus. Ich muss mit meiner Frau sprechen. Sorgen Sie dafür.« Kaum hatte er ausgeatmet, geriet der massige Körper ins Schwanken. Ottakring musste sich abstützen. Er griff sich an die Stirn und strich sich über die Augen. »Jetzt«, rief er stockend aus. Dann sank er zur Seite und stützte sich am Boden ab.

Peter Martin eilte zu Hilfe. Während er den Patienten festhielt, fingerte er nach seinem Mobiltelefon.

»Das ist nicht nötig«, ließ sich eine nahe Stimme hören. »Du musst hier nicht raus.« Die Tür hatte sich unbemerkt geöffnet. Eine weibliche Person stand da. Vornehm angezogen.

»Frau Herrenhaus«, rief Peter Martin voller Überraschung aus. »Was machen Sie denn hier?« Er mochte die Frau aus dem Fernsehen. Doch was wollte sie ausgerechnet hier?

»Lola!«, schrie Ottakring. Er rappelte sich vom Boden auf. Besser gesagt, er versuchte es. Halb schaffte er es, dann sank er wieder zusammen. »Lola!«

Lola Herrenhaus ging auf ihn zu.

Peter Martin stellte sich ihr in den Weg. »Das dürfen Sie nicht. Wie sind Sie überhaupt hier reingekommen? Und was wollen Sie? Wenn Sie eine Reportage machen wollen –«

Lola schob ihn zur Seite. »Ich bin nicht nur die Fernsehfrau Lola Herrenhaus. Ich bin auch die Frau von Kriminalrat Ottakring. In dieser Eigenschaft werd ich mich hier wohl bewegen dürfen.«

Peter Martin war geschlagen.

Lola beugte sich zu ihrem Joe und umarmte ihn. »Nein, du musst diesen Kurpark nicht verlassen, Joe. Ich kann es dir hier verraten. Ja, ich war heute Nachmittag bei dieser Hautärztin. Und ja, sie haben meine Biopsie untersucht. Aber nein, sie haben kein Ergebnis. Weil die Probe aus irgendeinem Grund nichts hergibt. Das wurde mir gesagt. Ich vermute allerdings, dass sie die Proben schlechthin vertauscht haben. Oder verschlampt. Oder sonst irgendeinen Scheiß gebaut. Ich habe der Ärztin ordentlich den Marsch geblasen. Sie hätte mir schließlich Bescheid sagen können. Ich fahre extra von München raus, um dann ellerbätsch zu hören. Ich war gscheit wütend.«

Lola war es nicht nur gewesen. Sie war noch immer gscheit wütend. Man sah es ihr an.

»Hat sie denn eine neue Hautprobe entnommen?«, fragte Ottakring. Er schien sich wieder normal zu fühlen. Er hatte sich an Lola emporgezogen und stand aufrecht da.

Peter Martin verfolgte Geschehen und Gespräch mit großem Staunen. Fast wie ein Mitglied der Familie.

»Ja, hat sie natürlich. Das Ergebnis kommt dann nächste Woche. Sie will mich verständigen, wann genau.« Sie kaute auf ihrer Unterlippe herum. »Ich hatte schon überlegt, nicht mehr hinzugehen. Aber die Umstände sind zu kritisch, um die Ärztin zu wechseln.«

Ottakring nickte zustimmend. »Dann haben wir wieder einen Grund für ein Festessen«, sagte er.

Lola nahm ihn in den Arm. Sie zog seinen Kopf herunter und flüsterte in sein Ohr. »Zuerst musst du wieder gesund werden. Sie müssen herausfinden, was der Grund für deinen Schwindel ist. Tu uns beiden den Gefallen, mein Schatz.«

Ottakring sah sie an wie ein waidwundes Tier. Und schwieg.

15

Lange hatte Janne Thaler diesen Joe nicht mehr gesehen. Nicht, dass er ihr über die Maßen gefehlt hätte. Doch Tag für Tag wuchs das dringende Gefühl, mit ihm reden zu müssen.

Sie war traurig. Bedrückt. Freudlos. Im Geschäft musste sie sich zwingen, freundlich und aufmerksam zu den wenigen Kunden zu sein, die ihren Laden fanden und besuchten. Sie sinnierte darüber nach, woran das lag. Sie war kein Kind von Traurigkeit. Doch es stand etwas Ungelöstes zwischen ihr und dem Mann, was sie irritierte und zu ihm hinzog. Dagegen kämpfte sie an. Sie bereute massiv, was sie getan hatte. Niemand außer ihr und dem Auftraggeber wusste davon.

Sie hatte sich umgehört. Dieser Joe war verheiratet. Welchen Sinn sollte es also haben, dass sie sich trafen? Er war nur ein Mal in ihrem Laden gewesen. Trotzdem sah sie ihn im Geschäft ständig vor sich, den Überfall hatte sie ausgeblendet. Sie konnte sich ein kleines Lächeln nicht verkneifen, als sie sich Joe Ottakring vorstellte, wie er in der ihm eigenen Art, verlegen dreinschauend, die Arme hinter dem Rücken verschränkt, über die Schwelle trat. Innerhalb von Minuten hatte sie diese Vision wieder abgeschüttelt.

Am Abend setzte sie sich an den Küchentisch und warf das Notebook an. Janne war eine geschickte und erfahrene Surferin. In kurzer Zeit hatte sie Wohnort und Telefonnummer von Ottakring herausgefunden. Diesen Namen gab es nur ein einziges Mal in der gesamten Region. Dann überlegte sie, was sie mit der Information anfangen sollte.

Sie grübelte lange, noch den ganzen nächsten Tag grübelte sie. Abends schaute sie fern, um sich abzulenken. Doch der Schmerz blieb. Sie hoffte, dass sie am Wochenende auf andere Gedanken kommen würde.

Sie marschierte zum Ludwigsplatz mit dem Grünen Markt, angezogen von den Farben, dem Lärm, den Menschen, die durch die spärliche Sonne bummelten, sich begegneten, einander zuriefen, sich anblafften. Ein Revier, das zu seinem eigenen Vergnügen eine Show abzog.

Vor dem Obst-und-Gemüse-Stand einer alten Marktfrau blieb sie stehen, sah ihr zu, wie sie von einem Kunden zum anderen flatterte, über die sich ein Wortstrom in ihrem Dialekt ergoss. Dabei wählte sie aufmerksam jede Frucht, jedes Gemüse mit wachem Blick und präzis gekonnten Bewegungen. Janne verspürte eine Art Zärtlichkeit für sie. Kurz darauf wusste sie auch, warum: Die Marktfrau erinnerte sie an ihre Großmutter daheim im Seitental des Stubaitals.

Hatte die Alte es gespürt? Sie rief ihr zu: »Und Sie, junge Frau, was darf's für Sie sein?«

Janne zögerte und überlegte. Tomaten, Zwiebeln … warum eigentlich nicht die Expertin machen lassen?

»Geben Sie mir, was ich für eine Gemüsesuppe für zwei Tage benötige.«

»Ah! Ein Abend unter Verliebten?«

Janne lächelte. Die Frau gefiel ihr.

»Ich richte das für Sie«, rief die Marktfrau. Sie packte Tomaten, Paprikaschoten, Zwiebeln, Zucchini, Bohnen und Auberginen zusammen, verstaute alles sorgsam in einer Papiertüte und warf Janne einen argwöhnischen Blick zu. »Kochen Sie das selbst? Wissen Sie denn, wie man eine Gemüsesuppe macht? Mit Verlaub, Sie sehen nicht so aus.«

Janne fühlte sich von der Anspielung nicht beleidigt, im Gegenteil. Die alte Frau belustigte sie. »Keine Sorge, ich habe ein vorzügliches Kochbuch …«

»Da kommt nix Gescheites dabei raus. Das beste Rezept ist das Ihrer Großmutter.« Ein weiterer abschätzender Blick. »Oder Ihrer Mutter.«

Nach dem Essen am Abend wählte Janne Ottakrings Nummer. Eine Frau meldete sich.

»Sind Sie Frau Ottakring?«, begann Janne Thaler. Sie war aufgeregt und ganz durcheinander. Denn sie war keineswegs vorbereitet. Sie hatte keinen blassen Schimmer, weshalb sie dort anrief. Und hatte nicht erwartet, dass jemand anders als Ottakring selbst ans Telefon gehen würde.

Stille. »Wer ist denn da?«, fragte die Frau nach wenigen Sekunden zurück.

Janne nannte irgendeinen Namen.

»Und was wollen Sie von meinem Mann?«

Das Gespräch verflüchtigte sich rasch in eine Richtung, die Janne weder vorhergesehen hatte noch wünschte. Am Ende legte die Person am anderen Ende wütend auf.

War sie eifersüchtig?

***

Gleich beim Empfang des Inn-Salzach-Klinikums hatten sie ihm das Handy abgenommen. Aus Sicherheitsgründen, wie es hieß. Als er abgeholt wurde, weil ein wichtiger Anruf für ihn in der Leitung sei, war er deshalb nicht überrascht. Man reichte ihm den Hörer.

»Ottakring?«, meldete er sich. Er war des Telefonierens rundum entwöhnt.

»Saukerl!«, war das Erste, was er vernahm. »Wer war die, die hier angerufen hat?«

Es war Lolas Stimme, doch sie klang wie eine Fremde. Laut und verzerrt vor Wut. Er hatte sie noch niemals so erlebt. Noch nie hatte sie ihn dermaßen beschimpft. Auch wer da für ihn angerufen haben könnte, davon hatte er keine Ahnung. Obgleich er in der vergangenen Nacht kein Auge zugemacht hatte, überkam ihn eine große Ruhe.

»Lola«, begann er. Er nahm sich vor, gelassen zu bleiben

und unbeschwert zu klingen. »Ich schlage vor, du sagst mir zuerst in aller Ruhe, was geschehen ist. Wer hat angerufen, wann und was hat die Person gesagt und gewollt? Die Person –« Er kam nicht dazu, den Satz zu vervollständigen.

»Du weißt genau, wer angerufen hat. Das Weib will dich sprechen und ruft dazu bei uns zu Hause an. Was hast du mit ihr? Sag's, du … du … Weiberheld! Kaum in Pension, schon nutzt du meine Abwesenheit aus und triffst dich mit anderen Frauen.«

Ottakring war erschüttert. Was war geschehen, dass Lola dermaßen aufgebracht war? Von einem einzigen Anruf oder war da mehr?

In der Zwischenzeit war sein Pfleger aus dem Nichts aufgetaucht und musterte ihn mit besorgtem Blick. Er fuhr sich mit der flachen Hand über die Kehle und warf ihm einen sehr fragenden Blick zu.

Ottakring schüttelte den Kopf. Er hörte zu und wollte Lola ausreden lassen. Ihre Stimme war im näheren Umkreis zu vernehmen, aber nicht zu verstehen. Der gesamte Raum um ihn herum wurde durch den Ton aus dem Telefon verändert, er erschien buchstäblich aufgeladen.

»… kann mir denken, dass du sie anrufen wirst, sobald ich aufgelegt habe. Du kannst das machen, aber dann darfst du mit mir nicht mehr rechnen, du … du …«

»Saukerl?«, sprang er ein. »Weiberheld? Miststück?«, wiederholte er ihre Schimpfkanonade.

Das hätte er nicht tun sollen. Das Telefon in seiner Hand zersprang fast von der Lautstärke am anderen Ende.

In diesem Augenblick nahm ihm Peter Martin mit sanfter Gewalt das Gerät aus der Hand und drückte den »Aus«-Button.

»Nein!«, protestierte Ottakring. Er griff seinerseits nach dem Stück und wollte es dem Pfleger entreißen. Unmöglich konnte dieses Telefonat auf solche Weise beendet werden. »Geben Sie mir sofort –«

»Das ist nicht gut für Sie«, sagte Peter Martin bestimmt. »Kriminalchef hin oder her. Sie sollten in Ihrem Zustand jeden Streit und jede Aufregung vermeiden.« Er legte die freie Hand auf Ottakrings Unterarm. »Einverstanden, Herr Ottakring?«

Wieder dieser Schwindel! Er hatte den Eindruck, entweder er selbst oder der Raum neige sich zur Seite. Oder schwankte nur der Boden? Der Kriminalrat a. D. Joe Ottakring fühlte sich verloren. Alles, was er liebte, schien sich von ihm abzuwenden.

»Kommen Sie!« Der Pfleger fasste ihn am Arm. »Nervös, Herr Ottakring?«

Ottakring konnte keinen klaren Gedanken fassen. Lola musste annehmen, dass er aufgelegt hatte. Das würde sie noch wütender machen. Noch mehr aus der Fassung bringen. Und dann? Wie sollte es dann mit ihnen weitergehen?

»Ich muss zu meiner Frau«, stieß er aus. Er hatte das Gefühl, in Zentimetern über den Boden zu kriechen. Bald flach auf der Matte zu liegen. »Ich muss zu ihr. Bringen Sie mich hin!« Und setzte noch ein zaghaftes »Bitte!« hinzu.

Peter Martin reagierte nicht. Erst als sie in Zimmer 112 angekommen waren, wurde er gefragt, ob ein Kaffee gewünscht sei. Spontan bejahte Ottakring. Weniger, weil er einen Kaffee wollte. Sondern eher, weil er sich die Abwesenheit des Pflegers erhoffte, der ihm das Getränk holte. Er wusste zwar noch nicht, wie, doch er würde abhauen. Er musste zu Lola.

Peter Martin aber zückte sein Handy und beauftragte jemanden mit der Aufgabe. Dann sah er seinen Patienten an und fragte: »Das war Ihre Frau, nicht? Wollen Sie noch einmal mit ihr telefonieren? Sie zurückrufen?« Er sah lange auf seine Armbanduhr. »In einer Dreiviertelstunde sollen Sie zum HNO. Zum Facharzt. Die Innenohren werden untersucht. Gegebenenfalls behandelt. Weil man dort die Ursache für Ihren Schwindel vermutet. In einer Dreiviertelstunde.« An der Tür drehte er sich nochmals um. »Man macht extra

Überstunden, um Sie zu untersuchen, Herr Ottakring. Man nimmt Ihr Problem sehr ernst!«

Eine Dreiviertelstunde. In dieser Zeit wäre schon das ganze Haus abgebrannt, das Lola in ihrem Zorn anzünden würde! In einer Dreiviertelstunde wäre er mit dem Auto mühelos bei ihr.

»Fahren Sie mich zu ihr«, bat Ottakring erneut. »Bitte!«

Er meinte, Mitleid in den Augen des Pflegers zu erkennen. »Selbst wenn ich wollte«, sagte der, »könnte ich das nicht tun. Sie dürfen hier nicht einfach ohne Erlaubnis raus. Auch nicht mit mir zusammen. Müsste Ihnen doch eigentlich klar sein, verehrter Herr Ottakring. Oder?«

Ottakring schwieg. Mehrere Minuten lang saßen sie einander stumm gegenüber. Dann öffnete sich schüchtern die Tür.

»Dürfen wir reinkommen?«, sagte die Frau vom Empfang. Sie trug eine saubere weiße Schürze, eine Lesebrille baumelte an einem Kettchen vor dem mächtigen Busen. Hinter ihr eine weitere Person. Eine weibliche Person.

Mit ausgestreckten Armen ging Lola Herrenhaus auf ihren Mann zu. Der saß verdattert auf einem Stuhl vor dem Tisch in der Mitte von Zimmer 112.

Lola Herrenhaus war das Beste gewesen, was ihm in fünfundsechzig Jahren begegnet war, und er würde alles tun, um dieses Goldstück zu behalten. Dass sie am Telefon dermaßen barsch, um nicht zu sagen ausfällig geworden war, hatte ihn um Jahre zurückgeworfen. Umso überraschter war er, als sie jetzt nicht viel später mit offenen Armen auf ihn zugestürzt kam. Er konnte nicht anders, er wandte sich von ihr ab.

Lola stoppte jäh. Sie stützte beide Arme in die Hüften. »Würden Sie uns eine Minute allein lassen?«, sprach sie Paul Martin an.

Der schüttelte unmerklich den Kopf. »Bedaure. Das geht nicht«, sagte er leise.

Ergeben zuckte Lola die Achseln. »Dann eben nicht.« Damit widmete sie sich wieder ihrem Mann. Sie stellte sich vor ihn, beugte sich vor und nahm seine Hände in ihre Hände. »Weißt du, dass ich dich liebe?«, sprach sie leise.

Er ließ die Augen zu ihr schweifen. Hoffnung keimte auf. Er schwieg.

»Ich liebe dich!«, wiederholte seine Frau.

Eine komplette Wendung. Ottakring hatte sich immer eingebildet, ja er war sicher gewesen, seine Frau gut zu kennen. Sie beurteilen zu können. Ihr Verhalten einschätzen zu können. Doch die vergangene Stunde hatte diese Sicht der Dinge radikal über den Haufen geworfen. »Und vorhin?«, brachte er zaghaft heraus. »Am Telefon? Was war das gewesen?«

Lola brach in das glockenhelle Lachen aus, das er so an ihr liebte. »Deine Mätresse«, brachte sie mühsam hervor. Dann kam sie zu ihm und legte ihm die Arme um den Hals. »Sie wollte dich sprechen. Aber ich habe ihr verkündet, dass du auf einem Kurzurlaub seist.« Provozierend sah sie ihm die Augen. »Jetzt mal im Ernst, mein Schatz. Wer ist die Frau? Kannst du mir das verraten? Ganz ehrlich?«

Ottakring hatte bereits lange nachgedacht. Er konnte sich nicht realistisch vorstellen, wer ihn am Telefon verlangt haben könnte. Vielleicht jemand aus dem Präsidium? Doch die hätten sich anders verhalten. Und Lola hätte sie identifizieren können. Er dachte auch für eine Sekunde an Janne. Doch warum sollte ausgerechnet diese Exotin mit ihm telefonisch in Kontakt treten wollen?

»Ich habe keinen blassen Schimmer. Was genau hat sie denn gesagt?«, fragte er. Einen treuherzigeren Augenaufschlag als den seinen in diesem Augenblick hatte die Welt noch nicht gesehen.

»Sie hat nur nach dir gefragt und wollte dich sprechen. Wer war die Frau, Joe?«

»Ganz im Ernst und ehrlich, Lola. Ich weiß es nicht.« Er setzte noch eine Frage hinzu, die ihm am Herzen lag. »Warum misstraust du mir? Glaubst du wirklich, ich könnte dich in solch einer Weise hintergehen, wie du mir vorwirfst? Kennst du mich nicht besser?«

Peter Martin hatte die ganze Zeit dezent am Fenster gestanden und hinausgeschaut. Jetzt griff er ein und wandte sich an Ottakring. »Wir müssen jetzt los. Der HNO-Termin wartet. Kommen Sie, Herr Ottakring.«

Es wurde zuerst warm im Ohr, dann kalt. Ihm wurden Fragen über Fragen gestellt, auf die er Antworten erfand. Die Untersuchung dauerte über eine Stunde. Dabei fielen Begriffe, mit denen ein Patient nichts anfangen konnte, wie Nystagmus, Vestibularorgan, Otolithen, Kopfimpulstest, Saccaden. Doch nicht die diversen Tests waren es, die Ottakring beunruhigten. Es war die Dauer dieser Komplettuntersuchung. Lola wollte auf ihn warten, und der Pfleger hatte von vielleicht maximal einer halben Stunde gesprochen. Was, wenn Lola verschwunden war, wenn er zurückkam?

Lola stand auf dem Flur, als Peter Martin ihn zu Zimmer 112 zurückbrachte. Ottakring war erleichtert.

In seinem Zimmer standen beide Fenster offen. Draußen war es kühl geworden, die Raumtemperatur hatte sich angepasst. Ottakring fror plötzlich. Lola legte einen Arm um ihn und drückte ihn an sich, mehr zärtlich als fest. Bald jedoch war klar, dass mit ihrem Mann etwas nicht in Ordnung war. Er hatte sich auf den Stuhl vor dem Tisch mitten im Zimmer fallen lassen und triefte vor Schweiß. Leichenblass, sein Herz klopfte wild, und er zitterte am ganzen Leib. Seine Lippen bewegten sich, und die Augen rollten, als wolle er etwas sagen, was ihm nicht gelang.

Der Pfleger wirkte wie elektrisiert. Zuerst hielt er sein Ohr dicht an den Mund des Patienten, aber die Geräusche, die er hören konnte, ergaben keinen Sinn. Als das nichts nützte, drückte er eine Kurzwahl auf seinem Mobiltelefon.

»Können Sie mir sagen, was los ist?«, versuchte er es noch einmal bei Ottakring. Er versuchte, von den Lippen zu lesen. Erfolglos. »Hat Sie was geärgert? Soll ich die Heizung aufdrehen? Möchten Sie einen Tee?«

Lola streichelte unablässig seine Stirn und murmelte: »Alles wird gut werden.«

Wenig später flog die Tür gegen die Wand. Der Arzt sah sich Ottakring an, arbeitete an seinen Augen herum, steckte ihm ein Gerät in den Mund. Auf sein Zeichen hin wurde Ottakring auf eine Bahre gepackt und festgeschnallt. »Tut mir leid«, erklärte der Arzt mit Blick auf Lola. »Aber wir müssen ihn näher untersuchen. Machen Sie sich keine Sorgen.« Auch er strich nun Ottakring über den Kopf. »Vorerst.«

»Tja«, zischte Peter Martin. Dieses eine Wort sagte mehr als tausend Worte.

»Was ist das denn mit meinem Mann?«, fragte Lola Herrenhaus verdattert.

Der Pfleger hob die Schultern. »Keine Ahnung«, sagte er. »Werden wir bald wissen.«

Lola griff sich die Umhängetasche vom Bett ihres Mannes und verließ den Raum, ohne sich ein einziges Mal umzusehen.

Das Ergebnis der HNO-Untersuchung gab Ottakring wieder Auftrieb. Der Arzt hatte nichts gefunden, was zu Bedenken Anlass gab. Mit den Schweißausbrüchen hatte er nichts zu tun. Er war schließlich für Hals, Nasen und Ohren zuständig.

Ottakrings plötzlicher Anfall war vorüber. Die folgende Nacht verbrachte er mit mehr Fröhlichkeit als alle anderen Nächte zuvor und mit weit mehr Zuversicht. Gegen sechs Uhr in der Früh wachte er auf, weil er fror. Er hatte die Bettdecke hinuntergestrampelt. Er zog sie wieder hoch, konnte aber nicht wieder einschlafen. Daher vertrieb er sich die Zeit mit Denken.

War es Janne gewesen, die bei ihm zu Hause angerufen hatte? Ottakring rief sich das, was er mit ihr vorhatte, ins Gedächtnis zurück und plante das Projekt mit einer Genauigkeit, als ob er die einzelnen Stufen eines Verbrechens erarbeiten würde. Selbstverständlich glitten die Gedanken zu Lydia Graumann ab. Ihren Absturz in seiner Anwesenheit, ihren Tod würde er nie vergessen können, und das Ermittlungsverfahren der Staatsanwaltschaft gegen ihn erschien ihm zunehmend abstrus. Das hatte ihn wohl in diese Krise gestürzt.

Inzwischen hatten ihm seine Überlegungen jedoch ein vollkommen anderes Lebensgefühl eingehaucht. Je mehr und je intensiver er sich nun daran orientierte, desto besser begann er sich zu fühlen. War dies der sogenannte Selbstheilungsprozess, von dem er schon so häufig gehört und gelesen hatte?

Er sah sich um. Ottakring war ein genügsamer Mensch mit spartanischem Lebensstil. Der schon in allen erdenklichen Räumlichkeiten gelebt hatte. Nur diese Kammer hier … besser, eine Zelle … eine Zelle in einer Irrenanstalt. Wie Schuppen fiel es ihm von den Augen. Was hatte er hier zu suchen?

Es war eisig hier drinnen. Er stand auf, machte einen Halbbogen um das Bett und betrachtete es. Vielleicht so, wie man ein Tier betrachtete. Das Laken war cremeweiß, Flanell, wie die übrige Bettwäsche. Wie viele Tage hatte er nun schon in diesem Bett gelegen und geschlafen?, überlegte er.

Die Kälte im Raum machte den Kopf frei. Manchmal spricht der Körper auf etwas an, was man vorher und selbst nachher nicht erklären kann. Er hatte plötzlich das Gefühl, dass ihm der ganze Schwindel nichts mehr anhaben könne. Von einer Sekunde auf die andere fühlte er sich, als könnte er Bäume ausreißen und Berge besteigen.

16

Einen weiteren Entlastungssprung machte Joe Ottakring am Donnerstag der Folgewoche. Lolas Melanom stellte sich als nicht harmlos heraus, aber doch nicht als tödlich, so wie befürchtet. Sie feierten das Ereignis mit einigen Gläsern Champagner in der »Zelle«, wie sie Ottakrings Unterkunft mittlerweile getauft hatten. Lola wollte den Chef, Dr. Friedhelm Manotti, dazu einladen, doch ihr Mann widersprach. Dabei blieb es.

***

Eine weitere Woche später stand Ottakrings Entlassung an. Er fühlte sich seit jener denkwürdigen Nacht wie verwandelt. Das kam auch Peter Martin so vor, der seinerseits den Chefarzt auf diesen Umbruch aufmerksam machte.

»Wie fühlen Sie sich?«, fragte Dr. Friedhelm Manotti.

Ottakring ging es prächtig. »Bombastisch«, sagte er. »Wie neugeboren.«

»Stellen Sie sich auf das linke Bein, halten Sie die Arme nach vorn und schließen Sie die Augen.«

Ottakring befolgte die Anweisung, die er schon kannte. Bisher war er damit immer auf die Nase gefallen. Doch seit der kleinen Champagnerfeier hatte er heimlich in seiner Zelle trainiert. Auf dem linken und dem rechten Bein. Die Übung konnte ihm nichts mehr anhaben.

»Und jetzt auf das rechte Bein.«

»Gern.«

»Sehr schön«, sagte der Doktor.

Nachdem er noch die Zentrifuge, ein weiteres Quälgerät, schadlos überstanden hatte, wurde er in allen Ehren entlassen. Peter Martin hatte sich aufgestellt, die Schwestern, die ihn betreut hatten, die Küchenchefin, die Physiotherapeutin. Nur eine bayrische Blaskapelle fehlte noch.

»Ich wünsche Ihnen alles Gute, Herr Ottakring«, verabschiedete ihn Dr. Friedhelm Manotti »Sie können ab sofort wieder gefahrlos jeden Berg besteigen.« Er musterte den Mann, der in aufrechter Haltung vor ihm stand, und fügte hinzu: »Aber passen Sie auf. Manche Berge sind tückisch.«

Hätte Manotti geahnt, welche Gedanken seinem bisherigen Patienten hierzu durch den Kopf schossen, hätte er diese Empfehlung nicht ausgesprochen.

»Willkommen!«, stand auf dem weißen Banner, das über der Haustür hing. Die blauen Vorhänge, die Ottakring so mochte, flatterten aus dem Fenster im ersten Stock. Das Gartentürchen stand weit offen, als Ottakring aus dem Sanka stieg, und Lola empfing ihn mit offenen Armen. Sie hatte sich rührend um diesen herzlichen Empfang daheim bemüht.

Als ob sie Einfluss darauf gehabt hätte, war auch der Himmel wie für einen komplett strahlend sonnigen Tag gemacht. Die gezackten und zerfurchten Gipfel des Wilden Kaisers winkten von Süden herüber, sie schienen heute zum Greifen nah. Es herrschte Föhn, dieses typische trocken-warme Alpenwetter, das häufig mit einem starken Fallwind verbunden war.

»Endlich wieder daheim«, rief Ottakring fröhlich aus. »Ich komme mir vor, als wäre ich Jahre weg gewesen.«

Sie gingen zusammen ein paar Schritte auf dem leicht holprigen Sandweg durch den Garten, zogen am Rasen ihre Schuhe aus, stellten sie neben einen verloren dastehenden Liegestuhl, dann gingen sie weiter auf der brettlebenen Grasfläche ums ganze Haus herum. Ottakring legte einen Arm fest, aber zärtlich um seine Frau und bewegte sich so ein Stück weit mit ihr. Ihre Oberschenkel rieben sich aneinander, und Lola presste ihren Körper an den seinen.

Doch ohne es zu wollen, schweiften Ottakrings Gedanken

auf einmal ab zu Janne. In seiner Zelle hatte er oft und lange nachgedacht, und immer stärker war er davon überzeugt, dass es Janne gewesen sein musste, die bei Lola angerufen hatte, warum auch immer.

Als ob sie seine momentane Abwesenheit spürte, hielt Lola an, suchte den Augenkontakt mit ihm und warf sehr locker hin: »Woran denkst du?«

Eine fremde Katze streunte zwischen ihren Beinen hindurch. Ottakring trat nach ihr, verfehlte sie, erntete dennoch böse Blicke von Lola. Er hatte einen klaren Überblick über sein Denken, wollte den Inhalt dennoch nicht preisgeben.

Lola akzeptierte sein Schweigen, würdigte es jedoch auf ihre Art. Mit zwei Prisen Kälte.

Er scheute sich nach wie vor, Lola seine Überlegungen zu schildern. Er war undiplomatisch bis tölpelhaft in solch sensiblen Erklärungen, das war ihm bewusst. Ein Kriminalist musste kein Diplomat sein, sollte es in den meisten Fällen auch nicht. Alles, was er tat, war, ihr seine Liebe zu zeigen.

Er nahm sie in den Arm und flüsterte ihr zu: »Ich kann dir nur eines sagen, dir nur eine einzige Tatsache erklären, und ich bitte dich, es nie zu vergessen: Ich liebe dich, meine Lola. In diesem Universum gibt es für mich nur eine einzige Frau, und die bist du.«

Am selben Abend liebten sie sich wie ausgehungert und lagen dann, unter Berührungen und Geflüster, bis Mitternacht beieinander. Dann schlief Lola ein, und als Ottakring aufwachte, stand die Sonne bereits hoch am Himmel, der blaue Vorhang wehte im Wind.

Das Bett neben ihm war leer. Auf dem Kissen lag ein Zettel, auf dem Lola ihm einen wundervollen Tag wünschte. Ihm war klar, dass er, der Pensionist, verschlafen hatte und sie, die Werktätige, zur Arbeit gefahren war. »Ich ruf dich an«, stand da noch geschrieben.

Auch Ottakring hatte seinen Plan für diesen Tag. Seine Frau wollte er um nichts in der Welt verlieren. Doch das mit der anderen Frau, das musste er klären. Er ging ins Badezimmer, noch schwach auf den Beinen, zog sich an und bereitete sich ein notdürftiges Frühstück zu.

Eine halbe Stunde später sattelte er den Porsche und machte sich auf den Weg nach Rosenheim.

Lola hatte noch nicht angerufen. Doch seit er die Gewissheit hatte, dass ihre Erkrankung nicht lebensbedrohlich war, war Ottakring wieder so ruhig und gelassen, wie es seine Art war.

Er passierte die Stadtgrenze zur »Hochschulstadt Rosenheim«, bog am Eisstadion ab und parkte schließlich im P9, dort war immer ein freier Platz zu finden.

Beinahe wäre er schon in ein Taxi gestiegen, das wenige Meter vom chilenischen Bistro »Al Patio« entfernt wartete, doch da hatte er noch einmal Schwung genommen. Bevor er sich seinem endgültigen Ziel näherte, musste er noch zwei kleinere Einkäufe erledigen. Eine merkwürdige Nervosität hatte von ihm Besitz ergriffen.

Auf dem Weg musste er sich eingestehen, dass die Erregung bedrückender wurde, je näher er seiner Destination kam. Wie Lampenfieber vor dem Auftritt manch eines großen Künstlers. Davon hatte er gelesen.

Nach dem zweiten Einkauf – zweihundertfünfzig Gramm Darjeeling-Tee der Sorte »Margaret's Hope« – steuerte er den Schmuckladen an.

***

»Was? Noch immer nichts herausgefunden?« Janne Thaler steckte die Visitenkarte, die ihr der Kriminalbeamte hinterlassen hatte, wieder weg. Sie war fassungslos. Der Überfall war nun schon so lange her, und sie hatten noch immer kein Ergebnis.

»Nein, Ergebnis noch nicht«, wandte der Beamte am Telefon ein. »Aber eine durchaus heiße Spur. Allerdings vermuten wir die Täter im osteuropäischen Ausland.«

Was das Gleiche war wie kein Ergebnis, war sich Janne sicher. Wie oft las man von Einbrechern und anderen Kriminellen, die irgendwo in Polen, Rumänien oder Bulgarien auf Nimmerwiedersehen versickerten.

Sie verabschiedete sich und legte mit einem faden Geschmack im Mund auf.

Sie hatte andere, größere Sorgen. Das Geschäft wackelte. Die Warnung der Bank war eingetreten, sie saß ihr im Genick. Der Standort hier am hinteren Ludwigsplatz war abgelegen, und wenn die Kunden nicht gezielt zu ihr kamen – es waren nur wenige –, wurde sie nicht gefunden. Die paar Menschen, die das »Hans im Glück« oder den »Johann Auer« ansteuerten, hatten keinen Blick für schöne und wertvolle Dinge.

Janne ließ den Blick niedergeschlagen durch ihr Geschäft und über den Schmuck und über die Uhren wandern. Sie ging hin und fasste einzelne Stücke fast zärtlich an. Unwillkürlich behielt sie immer wieder die Eingangstür im Auge. Dieser Überfall war ihr durch Mark und Bein gegangen.

Ein Gedanke schoss ihr durch den Kopf. Sie wunderte sich, warum sie nicht schon früher darauf gekommen war. Sie hatte doch einen Bekannten bei der Polizei! Sogar ein höheres Tier, soweit sie das beurteilen konnte. Konnte Joe nicht eingreifen und ihr weiterhelfen? Mit diesem konkreten Anliegen würde sie noch einmal bei ihm anrufen.

Am liebsten hätte sie jetzt vor Erleichterung und vor Freude über diese gute Idee ein Stamperl Schnaps getrunken. Oder ein Glas Sekt oder einen Prosecco. Doch Alkohol während der Geschäftszeiten war tabu. Stattdessen wühlte sie in der Schublade im Ladentisch herum, bis sie endlich das Packerl Zigaretten fand, das sie sich erhofft hatte.

Jahrelang hatte sie nicht geraucht. In der Fastenzeit vor vier Jahren hatte sie das Rauchen aufgegeben mit dem Vorsatz, dieses Mal lebenslänglich daraus zu machen. Doch vor exakt einer Woche, als ihr die Bank auf den Pelz zu rücken begann, hatte sie eine Packung am Kiosk gekauft. Roth-Händle Filter. Früher hatte sie ohne geraucht, doch mit Filter waren sie wesentlich gesünder. Versprochen!

Sie packte einen der Dekostühle, die sie im Laden platziert hatte, und stellte ihn vor die Tür. Mit einer Roth-Händle und ihrem roten Plastikfeuerzeug setzte sie sich auf den Stuhl und zündete die Zigarette an. Sie nahm den ersten Zug und ahhhh! Befreiend. Erlösend. Und gesund, da mit Filter. Sie musste über sich selbst lachen. Mehr als zehn Stück am Tag auf keinen Fall, hatte sie sich geschworen. Früher waren es über zwanzig gewesen.

Sie lehnte sich zurück, blies den Rauch langsam und genussvoll in die Luft und hob den Blick. Wie schön war dieser Tag mit seinen ziehenden Vogelscharen und seiner weichen, mildwarmen Luft. Dunkle Wolkengebilde waren nach allen Seiten zerstreut, das freundliche Blau setzte sich wieder durch, es kroch im Süden und im Osten über die Berggipfel. Sonnenflecken legten sich auf die Ahornkronen am Platz ringsum. Sie schienen sich aufzurecken, alles atmete durch. Drüben zur Straße hin waren Arbeiter der Stadt mit Aufräumarbeiten beschäftigt.

Kein Kunde weit und breit, der zu ihrem Geschäft wollte.

Janne drehte sich seitwärts und nahm erneut einen Zug, den vorletzten vielleicht aus dieser Zigarette. Während sie nun in diese Richtung starrte, auf den Platz nach Süden, kam ein Fußgänger auf sie zu. Noch war er fern, doch er näherte sich zielstrebig.

Sie traute ihren Augen nicht. Nicht etwa, dass sie ihn am Gang erkannt hätte oder an dem Mantel, den er trug; sie wusste nicht, woran. Doch bei dem Fußgänger handelte es sich eindeutig um Joe. Joe Ottakring, den sie sich so sehr herbeigewünscht hatte!

Von Weitem schon hatte er Janne Thaler erkannt. Sie saß vor ihrem Geschäft auf einem Stuhl und rauchte. Kein gutes Zeichen, dachte Ottakring sofort, drinnen war bestimmt keine Kundschaft.

Doch die Frau saß nicht nur herum. Eindeutig hatte sie ihren wachen, konzentrierten Blick auf ihn gerichtet, wobei er sich nicht sicher war, ob sie ihn erkannte. Es schien ihm, als würde er von ihr streng fixiert und einer genauen Analyse unterzogen.

Janne hatte die Beine übereinandergeschlagen, aus der Entfernung wirkten sie sehnig und schlank. Manchmal fuhr sie mit der freien Hand – der linken – durch ihr Haar und warf es nach hinten, dann wieder glitt die Hand über das Knie, das ganze Schienbein hinab beinahe bis zu den Schuhen. Es war eine wiederholt vorkommende Geste, die eine gewisse Anspannung verriet. Dabei ließ sie über die gesamte Zeit den herannahenden Ottakring nicht aus den Augen.

»Hallo!«, sagte sie nichtssagend, als er vor ihr stand.

Er hatte die Hände hinter dem Rücken verschränkt und musterte sie. »Grüß Gott, Frau Thaler«, sagte er schließlich, immer wieder staunend angesichts der verblüffenden Ähnlichkeit mit der toten Lydia.

Sie schien zusammenzuzucken und beugte sich leicht vor. »Duzen wir uns nicht? Ich heiße Janne.«

Er schlug sich vor die Stirn. »Natürlich. Grüß Gott, Janne! Sieht entspannt aus, wie du so vor dem Geschäft sitzt.« Den ironischen Ton, den er mit seiner Bemerkung hervorbrachte, hatte er nicht beabsichtigt.

Janne erhob sich, warf den Rest ihrer Zigarette zu Boden, drückte ihn mit einer Seite ihres Schuhs aus, bückte sich und hob ihn auf. Sie sah ihm geradewegs in die Augen und sagte:

»Du musst mir helfen.« Als er eine Augenbraue hochzog, fügte sie hinzu: »Bitte.«

Er streckte den Arm aus und sah auf seine Armbanduhr. »Kannst du dein Geschäft schon zusperren? Wir könnten zusammen einen Kaffee trinken gehen.«

Nein, das konnte Janne Thaler nicht. Das ließ ihre Geschäftsdisziplin nicht zu. Es hätte die Möglichkeit ausgeschlossen, dass sich doch jemand in diese Ecke verlief und dringend Schmuck im Wert von mehreren tausend Euro zu kaufen wünschte. Dieser mögliche Kunde wäre dann enttäuscht und für alle Zeiten als Kunde verloren. Nein, sie musste ausharren bis zum Ladenschluss um achtzehn Uhr.

»Dann setze ich mich so lange hier auf diesen Stuhl vor die Tür und pass auf dich auf.«

Das war das Stichwort. Sie hätte es beinahe vergessen. »Wir können uns doch ein wenig unterhalten«, meinte sie mit einem aufmunternden Lächeln.

Dann sprach sie wie getrieben. Als hätte sie es eilig und wollte die Zeit bis sechs Uhr verkürzen. Sie erschien sehr unruhig, beinahe nervös. Ottakring wunderte sich, woher diese übergangslose Veränderung rührte.

»Ist dir bewusst, dass ich kürzlich überfallen wurde?«, fragte sie. »Dumme Frage«, wollte sie dann verbessern, »selbstverständlich kennst du den Fall. Du bist ja mittendrin. Und es stand groß in der Zeitung.«

Weder gelesen noch gehört hatte er davon. »Nein, bedaure. Denk bitte dran: Ich bin pensioniert.« Er ruckelte seinen Stuhl aus der Sonne und saß nun exakt vor der Eingangstür zum Geschäft und einen Meter neben ihr. »Willst du mir die Geschichte schildern?« Eine Warnung aber konnte er sich nicht verkneifen. »Noch einmal: Ich bin pensioniert. Ich habe keinen Einfluss mehr im Präsidium. Falls es dir darum gehen sollte.« Er sah sie an.

Janne verzog das Gesicht. »Ja, ich wollte dich eigentlich

bitten, mir zu helfen.« Ohne weitere Worte reichte sie ihm die Visitenkarte des Polizisten.

Er nahm sie, warf einen Blick darauf und schüttelte den Kopf. »Den kenn ich nicht. Was ist mit ihm?«

Sie erzählte ihm den Ausgang der Geschichte. »Das ist jetzt zwei Wochen her. Und es ist nichts geschehen. Es sollen Osteuropäer gewesen sein.« Janne machte eine Geste der Hilflosigkeit.

Nun war es an ihm, das Gesicht zu verziehen. »Und was stellst du dir vor, in welcher Weise ich dir helfen könnte?« Es war nicht schwer zu erraten.

»Ein bisschen Druck machen vielleicht? Ich möchte ja nur, dass diese Täter bestraft werden. Vielleicht bekomme ich auch die geraubten Sachen wieder zurück. Oder einen Teil davon. Verstehst du das nicht?«

Ottakring erhob sich betont schwerfällig, stellte sich vor sie hin, Hände in den Hosentaschen, und warf seinen Schatten über sie. »Selbstverständlich verstehe ich das, das ist vollkommen normal. Doch die Arme unserer Polizei reichen nicht bis nach Polen oder gar Bulgarien. Und meine Arme reichen in solch einem Fall nicht einmal bis in unser Einbruchsdezernat. Heute nicht und früher auch nicht. Ich war auf der anderen Baustelle. In der Mordkommission.«

Jannes Miene war unschwer zu deuten.

Sie hellte sich auf, als eine Frauenstimme fragte: »Derf i Eahna geschätzte Unterhaltung stören? I mecht vielleicht wos kaffa.«

Janne sprang auf. »Ja freili, selbstverständli! Chemmen S' eini! Bitte!« Vor Aufregung verfiel sie in ihren Tiroler Dialekt, den sie sonst im Geschäft gern vermied. Sie geleitete die Kundin nach drinnen.

Das bot Ottakring die Zeit, sich zu sammeln. Er hatte schließlich einen Plan.

»Der einzige Kauf des heutigen Tages.« Mit diesen Worten kam Janne zurück. Sie strahlte. »Und ein sehr lukrativer noch dazu. Hättest du geglaubt, dass diese einfache Frau eine teure Perlenkette kauft? Für einen runden Geburtstag ihrer Schwester.« Sie sah auf die Uhr. »Ich glaub, jetzt haben wir uns den Kaffee verdient. Ich bin gleich wieder da.«

17

Es wurde kein Kaffee. Es wurde eine Flasche Rotwein. Ottakring hatte den Zinfandel zum ersten Mal vor Jahren auf einer Kalifornienreise im Nappa Valley kennengelernt. Ursprünglich eine kroatische Traube, war die Sorte seit zweihundert Jahren hauptsächlich in den USA heimisch geworden. Immer wenn Ottakring in Deutschland oder Europa das Glück hatte, einen Zinfandel auf der Karte zu entdecken, bestellte er ihn. So auch heute in dem sympathischen kleinen Bistro um die Ecke. Zinfandel und einen kleinen Käseteller.

»Prost!«, sagte er und hob sein Glas.

Janne schaute ihn an und sagte: »Schade.«

Er konnte sich denken, was sie meinte, fragte aber trotzdem nach: »Was ist schade?« Dabei nahm er den ersten Schluck.

Janne hatte ihr Glas nicht angerührt. »Dass du mir nicht helfen kannst.«

Ottakring wollte dieses Spiel nicht weiter mitmachen. Er konterte. »Warum hast du bei mir zu Hause angerufen?«, fragte er sie direkt.

Janne tat überrascht. »Ich dich angerufen? Ich habe dich nicht angerufen. Wann soll das gewesen sein?«

Es gab immer wieder Situationen, in denen sich Ottakring die Erfahrungen aus seinem Berufsleben zunutze machen konnte. Dies war so eine. Er war absolut in der Lage, zu erkennen, dass Janne ihn anschwindelte. Flackernder, unsicherer Blick, nervöses Spiel der Finger, zuerst blass, am Ende graduelles Wangenrot.

»Na gut«, sagte er. »Ich war nicht selbst dran, aber du hast nach mir verlangt. Meine Frau hatte abgenommen. Was wolltest du, Janne?« Auf die Unterarme gestützt, beugte er sich vor und sah ihr unverwandt in die Augen.

Nun hob auch sie ihr Glas und nahm einen Schluck. Dann schob sie sich eine Handvoll Käsewürfel in den Mund. Sie kaute genussvoll.

In diesem Augenblick ertönte Ottakrings Klingelton in seiner Jackentasche. Er sah auf das Display. Lola! Als hätte sie das Gespräch mitgehört. Um Gottes willen! Er hatte doch tatsächlich komplett vergessen, seine Frau zu verständigen. Wahrscheinlich war sie zu Hause und vermisste ihn.

Mit schlechtem Gewissen stand er auf und ging ein paar Schritte zur Seite. »Ja? Lola? Hier bin ich.«

»Aha. Und wo ist dieses ›hier‹?«

Er beschrieb ihr das kleine Bistro.

»Ach ja, kenne ich«, meinte Lola. »Bist du allein?« Den zweiten Halbsatz sprach sie fast flüsternd aus.

»Nein«, gab er ausweichend preis. Sollte er gestehen, dass er mit einer anderen Frau Rotwein trank? Zinfandel war sonst immer Lola vorbehalten. Er fing sich aber rechtzeitig wieder. »Nein, das Lokal ist halb voll. Allein ist man hier wohl nie.«

Er machte eine kurze Pause, dann setzte er nach. »Ich habe eine frühere Kollegin getroffen, mit der ich etwas besprechen will. Wo bist du eigentlich, Lola? Bist du daheim? Geht es dir gut? Ich bin bei dir, sobald ich kann.«

»Das wäre schön. Wir haben schließlich noch etwas nachzufeiern.« Auch sie machte nun eine unscheinbare Pause, dann sprach sie es betont langsam aus. »Komm heim, sobald du mit der Frau dort fertig bist.«

Es war nicht das erste Mal, dass Ottakring bemerkte, dass er Lola nichts vormachen konnte. Er wollte etwas erwidern, doch sie hatte bereits aufgelegt. Ihn überfiel ein ungutes Gefühl. Ein sehr ungutes Gefühl. Andererseits hatte er mit Janne noch eine äußerst wichtige Mission zu verrichten. Damit wollte er sofort beginnen.

Er zauberte seinen grimmigsten Gesichtsausdruck hervor. »Janne, wie viel hast du für diesen Auftrag erhalten?«

Vor Schreck fuhr Janne zusammen. Sie stieß ihr Glas um. Glücklicherweise war es leer, und es brach nicht. »Wie ... wie ... was meinst du?«, stotterte sie. »Welcher Auftrag? Was erhalten?«

Wieder stützte sich Ottakring auf die Unterarme und beugte sich vor. »Du weißt genau, was ich meine.« Den nächsten Satz ließ er sehr betont, fast Wort für Wort, fallen. »Ich ... meine ... natürlich ... die Sache mit Lydia Graumann. Wer waren deine Auftraggeber? Und was hast du für die Ausführung gekriegt?« Er richtete sich auf und sah ihr mitleidlos in die Augen. »Du weißt, was ich meine.«

Janne holte tief Luft. Sie schien bis ins Innerste getroffen. Genau das hatte Ottakring beabsichtigt.

Doch Janne wollte ihre Gefühle, ihre Schwäche nicht zeigen. Sie neigte in Situationen wie dieser zur Beherrschung. »Sag mal, soll das zu einem Verhör ausarten? Ich bin dir keinerlei Rechenschaft schuldig.«

Wieder sah Ottakring sie lange an, er fixierte sie regelrecht. »Wer bist du eigentlich?«, fragte er langsam und nachdrücklich. »Bist du die, die du vorgibst zu sein? Oder bist du Lydia? Weißt du das eigentlich selbst noch? Oder bist du schon so stark in dieses Spiel verstrickt, dass du deine Identitäten nicht mehr auseinanderhalten kannst?«

In einem Anflug von Panik schlug Jannes Herz so schnell, als wollte es zerspringen. Der Mann hatte recht. Manchmal wusste sie nicht mehr, wo ihr der Kopf stand. Über lange Zeit hatte sie sich in die andere Person eingelebt, und danach war es schwer gewesen, wieder in die eigene Rolle zu schlüpfen und das Mädchen aus dem Tirolerland zu sein, das sie in Wirklichkeit war.

Aber schön und gut, dieser Mann war der frühere Chef der Mordkommission. Ein Mann vom Fach also, dem man nicht leicht etwas vormachen konnte. Hatte sie sich die Geschichte zu einfach vorgestellt? Doch wie sollte er ihr etwas nachweisen können? Sie hatte weder jemanden getötet noch jemanden verletzt. Nur ihren Auftrag erfüllt, für den sie bezahlt wurde. Und jetzt, lange nachdem die Sache geschehen war, versuchte er sie hereinzulegen. Wie kam er nur darauf?

»Wie kommen Sie darauf?« Ohne es gleich zu bemerken, verfiel sie in das offizielle Sie.

Ottakring nahm es mit Freuden auf. Ihm war die Duzerei mit dieser Dame eh zu viel geworden, nachdem er die Zusammenhänge durchschaut hatte. Er war gerade dabei, diese Zusammenhänge zu entflechten.

»Wer sind Sie also?«, fragte er noch einmal und machte eine bedeutungsvolle Pause. »Sind Sie Lydia Graumann?«

Janne wollte laut loslachen. Sie verschluckte sich aber, weil sie sich kurz vorher den letzten Rest des Käses in den Mund geworfen hatte. Jetzt spülte sie mit Rotwein nach. »Lydia wer?«, fragte sie so unbekümmert wie möglich. »Lydia was? Wie kommen Sie darauf? Ich hab diesen Namen noch nie gehört.«

Ottakring sah die Frau durchdringend an. Er war ein ruhiger Typ, doch dieses Weigern, sich zu einer Tat zu bekennen, raubte ihm den Nerv. »Seien Sie vorsichtig«, warnte er. »Treiben Sie's nicht zu weit. Und überlegen Sie doppelt, mit wem Sie es zu tun haben.«

Ein Hund war von irgendwoher gekommen und hatte sich zwischen die beiden unter den Tisch gelegt. Er beäugte sie misstrauisch und schnaubte leise.

Der Wirt erschien und bot eine zweite Flasche Zinfandel an. Er stieß mit dem Fuß nach dem Hund.

»Lassen Sie das«, protestierte Janne. »Der tut doch nichts.« Fehlte nur noch der übliche Zusatz: Der will nur spielen.

Ottakring wollte die Unterhaltung nicht verwässern lassen. Er gab dem Wirt einen eindeutigen Wink, sich zu entfernen. Der gehorchte.

»Wir kennen uns nicht lange«, sagte Janne, »und auch nicht

sehr gut. Aber ich habe Sie bis jetzt als Freund betrachtet. Mir fällt kein Grund ein, warum Sie auf einmal so feindselig sind.« Sie versuchte, eine Hand auf seine zu legen.

Barsch wehrte Ottakring ab. »Ich habe einen Vorschlag«, sagte er. »Überlegen Sie sich bis morgen, wie weit Sie Ihre heutige Aussage revidieren wollen. Wir treffen uns um halb vier wieder hier am selben Ort.«

Er hielt ihr seine Uhr hin und sagte: »Uhrenvergleich.« Er zwang sich zu einem Lächeln und sah ihr in die Augen. »Also bis morgen, Janne. Sie werden doch bestimmt da sein. Okay?«

Lieber hätte er dieses Gespräch – im Grunde war es auch für ihn so gut wie ein Verhör – zu einem befriedigenden Ende geführt. Doch es drängte ihn, nach Hause zu Lola zu kommen.

Er hatte das schlechteste Gewissen der Welt, als er ins Dorf einfuhr, den schmalen Bergweg hinauf bis zu ihrem Haus auf der Anhöhe, aus dem wieder die blauen Vorhänge flatterten.

»Lola?«, rief er sofort, nachdem er eingetreten war. Es war ungewöhnlich, dass sie zu seiner Begrüßung nicht vors Haus getreten war oder sich zumindest im Entree aufhielt. »Lola?«

Nichts.

Er befürchtete Schlimmes.

Oder war sie einfach nicht zu Hause? Konnte ja sein. Die Garage, hatte er beim Hereinfahren gesehen, war verschlossen. Stand ihr Auto noch drin?

Er ging hinaus und bog auf den Granitplattenweg ein. Unter den Obstbäumen war es dunkel. Durch das dichte Blätterdach sah Ottakring Fetzen des dunstigen Himmels. Das Moorbeet war feucht und kühl und roch nach Herbst und Moder. Unter den Steinen, die den Weg säumten, lebte ein Volk grauer Kellerasseln. Wenn man sie mit dem Finger berührte, rollten sich ihre Panzer zu Kugeln und hielten geduldig diese Form, bis die Gefahr vorüber war.

Eine Amsel trippelte über den Weg. An der Beeteinfassung stocherte und kratzte sie kurz in der Erde, und das Ende eines Regenwurms kam zum Vorschein. Sie zog daran. Dann hielt sie plötzlich inne und spähte aus ausdruckslosen Augen zu Ottakring herüber. Er hielt den Atem an und blieb stehen. Die Amsel zerrte den Wurm vollends aus der Erde und machte sich davon.

»Ist heute dein persönlicher Welttierschutztag?«

Ottakring fuhr herum.

Lola stand keine fünf Meter hinter ihm und lächelte ihn an. Sie trug den bunt gestreiften Rock, den er so mochte, dazu eine ihrer weißen Blusen.

»Wo kommst du her?«, fragte er etwas verdattert. »Wo bist du gewesen? Ich hab dich gesucht.«

Sie nickte zur anderen Seite. »Ich war hinten. Hab die Wäsche aufgehängt.« Dann setzte sie ihre Mystery-Miene auf und drehte den Spieß um. »Und du? Wo warst du? Und mit wem?«

Ottakring war kein Filou und kein Hallodri. Lola wusste das. Wenn sie ihn so fragte, musste sie ernsthaft betroffen sein. Ottakring schluckte die erstbeste Antwort hinunter, die er hatte geben wollen, und bekannte sich zur Wahrheit. Er sagte ihr, wo er mit wem war und welche Absicht dahintersteckte. »Was rätst du mir?«, fragte er am Ende. »Soll ich es tun?«

Sie legte einen Arm um ihn, führte ihr Gesicht nahe an seines und sagte in liebevollem Ton: »Wenn du meinst, es tun zu müssen, dann tu es. Aber sei vorsichtig und verbrenne dir nicht die Finger!«

Ottakring überkam eine große Ruhe.

18

Am nächsten Morgen stand er mit Lola auf. Er hatte sogar eine der seltenen Sternstunden und bereitete das Frühstück vor.

Unter einem Frühstück für Lola musste man sich kein solches vorstellen, wie Ottakring selbst es vorzog, wenn er Zeit dafür hatte. Also Eier in jedweder Form mit Speck, Butter, Marmelade und Weißbrot. Nein, Lola aß nichts als ein Müsli in der Früh, bevor sie zur Arbeit fuhr.

Also rieb ihr Mann, bevor sie am Frühstückstisch erschien, einen ganzen Apfel, packte ein paar Rosinen und Mandeln dazu, schnitt zwei Feigen und eine halbe Banane klein, teilte eine Ananas in vier Teile, trennte die Schale von einem Viertel und schnitt es in kleine Brocken. Dann presste er den Saft einer halben Orange über die Masse, goss einen Esslöffel flüssigen Honig aus des Dorfkramers Garten darüber, quetschte eine kleine Limette aus und rührte die ganze Kombination sorgfältig um. Die gesamte Prozedur plus das Herrichten des Tisches auf der Terrasse hatte exakt zweiundzwanzig Minuten gedauert. Bis Lola erschien, konnte das Müsli noch ziehen. Wieder einmal hielt sich Ottakring für den besten Müslimacher des Erdballs.

»Das sieht ja himmlisch aus«, sagte sie. Begeisterung und Euphorie klangen aus ihrer Stimme. Sie nahm die Schüssel, führte sie an die Nase, schnupperte daran wie an gutem Rotwein und verdrehte die Augen zum Himmel.

Während sie aß, beobachtete Ottakring, wie seine Frau unentwegt wie gebannt auf die Tischdecke starrte. Ihr Mund stand leicht offen, sie schien beinahe die Luft anzuhalten und ununterbrochen über etwas nachzudenken. Es war offenbar nicht leicht für sie, mit ihren Gedanken fertigzuwerden. Sekundenlang hielt sie manchmal den gefüllten Löffel in der Rechten, ohne ihn zum Mund zu führen und ohne etwas zu sagen. Ottakring überlegte, worüber sie wohl nachdenken mochte.

»Ich denke schon die ganze Nacht darüber nach«, sagte sie schließlich, »ob dein Vorhaben richtig ist. Denn – letzten Endes – was soll es bringen? Wird es dich glücklicher machen?«

Schweigend aß sie das Müsli auf, wischte mit der flachen Hand über die Tischdecke und stand auf. Sie ging um den Tisch herum und stellte sich vor Ottakring hin.

Wie von einer Schnur gezogen schnellte sein Kopf nach vorn und legte sich mit der Wange an ihren Bauch. Dieses Ritual war gut eingeführt und ließ sie beide spüren, wie nah sie sich standen.

»Ich muss jetzt fahren«, sagte sie leise und legte beide Hände um seinen Kopf. »Wann wirst du dich mit ihr treffen? Hast du drei Uhr gesagt?«

»Halb vier«, korrigierte er. »Ich werde den Termin wahrnehmen.«

»Den Termin«, sagte Lola, »als ob es sich um ein kriminalistisches Treffen handeln würde.«

Sie sah beunruhigt aus, als sie das Fahrzeug aus dem Anwesen lenkte. Ihr Winken war nicht mehr als verhalten.

***

Es war vier Minuten vor drei, als Ottakring durch die Tür des Bistros trat. Er hatte noch eine halbe Stunde Zeit, bevor Janne eintreffen würde. Wenn sie pünktlich war.

Er hatte sich gelangweilt fast zwei Stunden in der Stadt herumgetrieben, nun hatte er genug davon. Die vielen Menschen, die schiefen Blicke, immer das Gleiche – das behagte ihm nicht.

Das Lokal war leer, so wie er vermutet hatte. Aus der

Küche hörte man ein Radio und das Geräusch eines Fleischklopfers. Der Besitzer stand an der Theke und winkte ihm zu. Er beendete gerade ein Telefongespräch. Ottakring setzte sich in eine Ecke, der Mann trat mit bedenklicher Miene zu ihm.

»Tut mir leid«, sagte er. »Der Zinfandel ist aus. Wir erwarten die nächste Lieferung am Montag.«

Ottakring wunderte sich – er musste lachen. »Ist schon gut«, meinte er gönnerhaft. »Es wäre mir eh zu früh für einen Rotwein.«

»Möchten Sie ein Bier? Ich lade Sie ein. Oder erwarten Sie jemanden?«

»Erstens nein«, erwiderte Ottakring. »Zweitens ja. Aber ich würde gern rasch etwas essen. Ich habe einen unerklärlichen Hunger. Aber es muss schnell gehen. Bis halb vier will ich mit Essen fertig sein. Und es soll sich für jemanden eignen, der zu viel Zucker im Blut hat.«

Wieder dieser bedenkliche Gesichtsausdruck. »Sie haben Diabetes?«

»Nein. Ich habe zu viel Zucker im Blut.«

»Dann sind Sie Diabetiker. Wie wär's mit einem Stück Fleisch, bestes Rindfleisch, in Öl gebraten?«, schlug der Wirt vor. »Und einem Salat? Wäre das in Ordnung?«

»Bestens. Aber rasch, bitte!«

»Freilich«, sagte der Wirt. »Ich heiße übrigens Josep.« Ohne ein weiteres Wort drehte sich Josep um und eilte zur Küche.

Ottakring hatte nur flüchtig hingehört. Seine Gedanken eilten schon voraus zu Janne und seinem Vorhaben mit ihr. Trotzdem wunderte er sich über sein Verhalten dem Wirt gegenüber. Diabetes war schließlich keine Krankheit, deren man sich schämen musste, er wusste selbst nicht, warum er so kindisch reagiert hatte. Sein Übergewicht war ihm unangenehm, doch am liebsten wollte er die Augen davor verschließen und so tun, als sei es nicht vorhanden. Im Übrigen hatte Lola schon mehrfach darauf bestanden, dass seine Figur erhalten bleiben sollte.

Wie üblich aß er viel zu schnell, eine seiner widrigen Angewohnheiten. Er trank noch ein Haferl Kaffee hinterher, das Josep ihm an den Tisch brachte, während er abtrug und sich dann einer Gruppe norddeutscher Touristen widmete.

Es war zehn Minuten vor halb vier, als er mit dem Essen fertig war. Er hatte also etwas Zeit, die er im Freien verbringen wollte. »Ich komme gleich wieder«, rief er Josep zu und ging, ohne zu bezahlen.

Draußen war es immer noch warm. Der Max-Josefs-Platz war halb voll mit hastenden Menschen. Er suchte sich einen ruhigen Platz und drückte Lolas Kurzwahl.

Sie war sofort dran. Als hätte sie auf seinen Anruf gewartet. »Hallo«, rief sie fröhlich. »Du hast doch gleich dein wichtiges Meeting. Lieb, dass du mich trotzdem anrufst, Schatz.«

Er war erleichtert. Seit er Lola ein einziges Mal wegen Janne vergessen hatte, baute sich vor jedem neuen Anruf eine gewisse Spannung auf. So auch dieses Mal. Doch er hatte richtig gehandelt. »Drück mir die Daumen«, sagte er. »Dass es gut läuft. Und dass ich alles richtig mache.«

Um Punkt halb vier traten beide durch die Tür des Bistros, ohne einander bemerkt zu haben. Noch bevor sie sich begrüßen konnten, kam Josep auf sie zugeeilt.

»Sie wollen bestimmt etwas abseitssitzen«, sagte er in bestimmtem Ton zu Ottakring und deutete auf eine Nische an der Fensterseite.

Erst jetzt bemerkte Ottakring, wer da neben ihm herging. »Oh, hallo«, sagte er zu Janne Thaler. »Wollen wir uns dorthin setzen?«

Josep nickte mit gewichtiger Miene und zeigte abermals auf den gewählten Tisch. »Hier ist es ruhig. Da wird's Ihnen gut gehen.«

Noch bevor sie eine Bestellung aufgegeben hatte, nahm Ottakring das Gespräch da auf, wo es am Vortag geendet hatte. »Wer sind Sie?« Er blieb sehr bewusst wieder beim formellen Sie. »Haben Sie sich die Antwort seit gestern überlegt?«

Er musterte sie intensiv und ungeniert. »Sie sehen Lydia Graumann zum Verwechseln ähnlich.« Ein geradezu physisches Unbehagen kroch ihm in die Glieder.

Janne hatte sich ruhig verhalten und die Prozedur über sich ergehen lassen. Als sie jetzt das Wort ergriff, flüsterte sie. Sie sah müde aus. »Wie ich gestern schon sagte: Ich habe keine Ahnung, wie Sie auf diesen Gedanken kommen. Ich habe diesen Namen noch nie gehört. Wie kann ich eine Frau sein, deren Namen ich nicht einmal kenne? Was hat das alles überhaupt für eine Bewandtnis?«

Ottakring war wieder einmal nahe daran, aus der Haut zu fahren. Doch er zwang sich zur Geduld. Er hatte ein klares Ziel vor Augen, das sich ausschließlich mit Beharrlichkeit erreichen ließ. Nicht nur eine nagende Regung war es, die ihn antrieb, nein, es war ein sicheres Gefühl. So sicher, wie es eben ohne echten Beweis sein konnte.

Er war nicht böse, als Josep an den Tisch trat und sie eine Bestellung aufgeben konnten. Janne nahm einen Cappuccino. Ottakring hätte zu dieser Tageszeit Lust auf ein Weißbier gehabt, doch er wollte seine Konzentrationsfähigkeit nicht mit Alkohol dämpfen.

Als der Kaffee gebracht wurde und er den Blick wieder auf Janne richtete, hatte sie Tränen in den Augen.

»Dass Sie plötzlich so viel Geld zur Verfügung hatten, einen Laden zu eröffnen, fällt natürlich auf«, sagte er mit großer Bestimmtheit.

Sie wischte sich die Tränen weg. »Woher wollen Sie das denn wissen?«, fragte sie unter leichtem Beben in der Stimme.

Er hatte nur einen Versuchsballon steigen lassen. Doch der

Ausdruck in ihren Augen und ihrer Stimme bestätigten den Treffer. Deshalb setzte er nach: »Man hat halt so seine Quellen. Nichts für einen Normalbürger, doch ich habe meine Verbindungen. Wenn ich etwas herausfinden will, bleibt der Erfolg nie aus.«

Ottakring sprach ruhig, doch mit einem kalten Nachdruck, der bei widerspenstigen Gesprächspartnern seine Wirkung nicht verfehlte. Und er wandte den Blick nicht von Janne. Keinen Millimeter.

Janne schnappte nach Luft. Sie hob eine Hand zum Haar und strich es sich zweimal aus dem Gesicht. »Aha«, sagte sie schließlich. »Da haben Sie mich aber kräftig erwischt.«

Ottakring konnte nicht deuten, ob die Aussage spöttisch oder ernst gemeint war.

Jannes Hände zitterten ein bisschen, und Schweiß trat ihr auf die Stirn. Nicht gerade ein Zeichen für Gelassenheit und Wahrhaftigkeit. Ihre Aussage »Sie können mir gar nichts beweisen« ging daher voll ins Leere.

Ottakring griff sich Jannes leere Kaffeetasse, hob sie hoch und ließ sie auf den Tisch krachen. Sie war schwer und machte einen bombigen Knall. Die Tasse erwies sich als bruchfest. Janne schrak zusammen.

»Verdammt, Frau Thaler, ich kann Sie natürlich überwachen. Ich kann all Ihre bisherigen Schritte nachverfolgen, seit Lydia Graumann gestorben ist. Sie wissen exakt, woran sie gestorben ist. Sie selbst haben den Unfall ja überlebt.«

Langsam stand Ottakring auf und musterte Janne von oben bis unten. »Was glauben Sie, wie lang Sie solch eine Observation durchhalten werden? Haben Sie im Entferntesten eine Vorstellung dessen, was da auf Sie zukommen könnte?«

Jannes Gesichtsfarbe hatte sich, während Ottakring sprach, von einer gesunden Fleischfarbe in ein gelbliches Hellbeige verwandelt. Ihr Atem und sicher auch ihr Herzschlag beschleunigten sich, ihre Augen begannen zu kreisen, als befände sie sich im freien Fall von einer düsteren, wild zerklüfteten Bergwand.

Das ganze Gespräch hindurch hatte Ottakring vermieden, den Begriff Mord in den Mund zu nehmen, doch er lauerte hinter allem, was er sagte.

»Tun Sie, was Sie meinen, tun zu müssen«, raunte Janne mit tonloser Stimme. Sie strengte sich an, ihren Atem in den Griff zu bekommen. Tränen hatten ihre Augen gefüllt. Sie war erschöpft.

»Ich lasse Sie jetzt wieder allein«, sagte er, bezahlte die Rechnung, winkte kurz und ging.

Draußen blinzelte er in den blauen Himmel. Zwei Stadtfalken segelten über den Platz, sie hatten ihr Nest hoch droben im Turm der St.-Nikolaus-Kirche.

Ottakring war vollkommen versunken in den friedvollen Anblick, als ein Bub von vielleicht acht, neun Jahren an ihm vorbeirannte, kurz weiterlief, über das Pflaster stolperte und stürzte. Er trug kurze Hosen und blutete aus einer Wunde am Knie. Der Junge schaute erstaunt herum, schüttelte sich, stand auf und spuckte ein ärgerliches »Uuups« aus. Dann rannte er weiter.

Sein Schorschi! Ottakring war tief berührt von dieser Begegnung.

Jemand rempelte ihn an und sagte: »Oh, Entschuldigung!«

Ottakring wollte schon aufbrausen, da erkannte er, wer ihn gestoßen hatte. »Aha«, sagte er. »Kein Wunder.« Hans-Joachim Graumann, sein Schulfreund von früher.

»Was machst du in Rosenheim?«, fragte er Graumann nach einer Weile. Ihm war natürlich klar, wie sie momentan zueinander standen. Hans und sein Sohn Fred hatten ihm vorgeworfen, schuld an Lydias Tod zu sein. Hatten ihn sogar vor den Staatsanwalt gebracht. War er nun berechtigt, den Beleidigten zu geben, oder hatten die anderen recht?

Er selbst hatte in der Zwischenzeit eine vollkommen eigene Theorie entwickelt, die er direkt auch mit Janne Thaler in Verbindung brachte. Nun hatte er Janne bewusst einfach stehen lassen. Er war sicher, dass sie über das Gesagte intensiv nachdenken würde. Und dann würde er, Ottakring, die Bombe zum Platzen bringen. Er hatte sich genau überlegt, wie er es anpacken würde.

»Was machst du in Rosenheim?«, fragte er noch einmal.

Er erhielt die passende Antwort. »Nichts Besonderes. Bin einfach so hier.«

Diese unverbindliche Bemerkung kam ihm gerade recht. Ottakring hatte nicht vor, seine ehemals enge Verbindung zu Graumann wiederaufleben zu lassen. »Also dann, mach's gut«, verabschiedete er sich und eilte über den Platz. Die Begegnung hatte den Anstoß für den nächsten Schritt in seinem Spiel gegeben.

Er nahm den kürzesten Weg über Max-Josefs-Platz und Mittertor. Unterwegs begegnete er Dr. Ira Katz, der Gerichtsmedizinerin.

»Sind Sie wieder okay?«, fragte sie ihn. Sein Kuraufenthalt hatte sich offenbar herumgesprochen.

»Schauen Sie mich an«, sagte er. »Sehe ich nicht aus wie das blühende Leben? Kein Wanken, kein Schwanken. Kein Anlass, mich zu bedauern.«

Ira Katz ging zufrieden weiter.

Janne Thaler fand er in ihrem Geschäft. Sie war offensichtlich gerade angekommen, hatte sich umgezogen und trug ein ärmelloses blaues Kleid.

Als Ottakring durch die Tür trat, sah sie ihn an, als käme er von einem anderen Planeten.

»Warum haben Sie sich mit den Graumanns getroffen?« Er schoss die Frage wie einen Pfeil auf sie ab. Zusätzlich deutete er mit ausgestrecktem Arm und Zeigefinger auf sie.

Der Pfeil traf. Janne wurde blutrot im Gesicht und war

sichtbar um eine Antwort verlegen. »We... welche Graumanns?«, stotterte sie herum. »Wen meinen Sie?«

Ottakring hatte genug von diesem Spiel. Er packte die Frau an beiden Oberarmen und schüttelte sie. Er wollte etwas sagen, doch Janne schrie auf. »Was machen Sie? Hören Sie auf, Sie tun mir weh!«

Am liebsten hätte Ottakring sie geohrfeigt. Doch er begnügte sich damit, sie festzuhalten. »Nervös, Frau Thaler?«, sprach er rücksichtsvoll. »Noch einmal: Was war der Grund für Sie, sich mit den beiden Graumanns am Simssee zu treffen?« Damit ließ er ihre Oberarme los.

Sie rieb sich das weiche Fleisch. Das Blut war in ihr Gesicht zurückgekehrt. Janne Thaler hatte sich wieder gefangen. »Was soll das zum Teufel!«, rief sie laut. Ihr kehliges Tirolerisch kam wieder zum Vorschein. »Was wollen Sie überhaupt von mir?«

Ottakring sah sie lange an. Dann sagte er: »Das kann ich Ihnen sagen. Ich will die Wahrheit wissen. Sie liegt für mich klar auf der Hand, doch ich möchte, dass Sie selbst mir die Wahrheit sagen, die ganze Wahrheit. Was wollten die beiden Graumanns von Ihnen, was wurde da manipuliert?«

Ihr Mund bekam einen harten Zug, den Ottakring bisher noch nicht bei ihr bemerkt hatte. Sie war spürbar nervös geworden. Sie schwieg.

»Ich habe Sie vor einiger Zeit gebeten, mich auf einen Bergspaziergang zu begleiten«, fuhr er fort. »Darauf habe ich noch keine Antwort erhalten. Nun bitte ich Sie nicht mehr. Sie kommen mit mir auf diese Bergtour, darauf bestehe ich. Und Sie erklären mir genau, wie die Sache abgelaufen ist. Ich kann es beurteilen, ich war schließlich dabei, als Lydia Graumann abstürzte.« Wieder hielt er inne und sah ihr intensiv in die Augen. »Sie wissen genau, wovon ich spreche, nicht wahr?«

Ein unvermitteltes Geräusch an der Tür. »Wovon sprechen Sie denn genau, Herr Ottakring? Erzählen Sie.«

Janne Thaler zuckte zusammen. Ottakring fuhr herum.

Peter Martin stand in der Tür, die Klinke noch in der Hand. Peter Martin, Jannes Nachbar. Peter Martin, Ottakrings Pfleger in der Anstalt. »Grüß Gott zusammen«, grüßte er, verbeugte sich förmlich und ließ die Klinke los. Überrascht, die beiden beieinander zu sehen, schien er nicht.

Janne war die Erste, die sich gefasst hatte. »Was wollen Sie hier?«, fragte sie Peter Martin. »Möchten Sie ein Geschenk für Ihre Freundin kaufen?«

Ihr Nachbar lächelte. »Nein, ich wollte Sie einfach mal besuchen. Dass ich Herrn Ottakring hier treffe, ist ein reizender Zufall. Nicht wahr, Herr Ottakring? Geht es Ihnen wieder gut?«

Janne warf einen schiefen Blick auf Ottakring.

Der aber wollte sich nicht von seinem Vorhaben abbringen lassen. »Können Sie Ihren Besuch nicht auf einen anderen Zeitpunkt verschieben?«, fragte er. »Wir sind gerade mitten in einer privaten Unterredung.« Mit diesen Worten schritt er auf Peter Martin zu und wollte ihn Richtung Tür schieben.

Peter Martin aber reagierte unwillig. Wie ein Judoka riss er die Fäuste nach oben, er traf Ottakrings Arme. Sie fielen von ihm ab und schlaff nach unten. Es wäre zu einem Gerangel zwischen den beiden Männern gekommen, wäre Janne nicht dazwischengegangen.

»Hört auf, vor allem Sie, Herr Martin! Was soll denn das?«

Peter Martin war etwas außer Atem. »Ich wollte Sie eigentlich zum Essen einladen. Aber wie ich sehe, sind Sie schon beschäftigt.«

Ottakring tappte im Dunkeln, was diese Begegnung zu bedeuten hatte. Doch letztlich konnte es ihm egal sein, er wollte den Mann nur loswerden. »Also. Komm, gemma«, richtete er sich noch einmal an den Eindringling.

Peter Martin stieß ein kurzes Lachen aus, das wie ein Husten klang. Janne Thaler warf er ein breites Grinsen zu, bei dem seine Zähne gut zur Geltung kamen. »Sie müssen das entscheiden«, sagte er mit Spott im Ton. »Es ist schließlich Ihr Laden, Ihr Grund und Boden, auf dem wir uns befinden. Wer von uns beiden soll gehen?«

Janne schaute vom einen zum anderen und schien unentschlossen.

»Sie müssen gar nichts entscheiden«, knurrte Ottakring. »Wir hatten eine Unterhaltung, und dieser Herr ist hier eingedrungen. Er hat sich noch nicht einmal vorgestellt.« Er richtete den Zeigefinger auf Peter Martin und tat, als habe er den Mann noch nie zuvor gesehen.

Am Ende war es tatsächlich der Fachpfleger aus dem Inn-Salzach-Klinikum, der Jannes Geschäft mit eingezogenem Kopf freiwillig verließ.

»Sie kommen mit mir auf diese Bergtour«, setzte Ottakring das begonnene Gespräch fort. »Und zwar auf den Brünnstein. Den haben wir schließlich schon einmal zusammen bestiegen. Ich müsste mich schon sehr irren, wenn es nicht so wäre.«

Janne sagte nichts zu der Bemerkung.

»Wann? Am kommenden Samstag?«, schlug Ottakring vor. »Die Wettervorhersage ist günstig.«

Janne schwieg abermals.

Ottakring nahm das als Zustimmung.

19

Die beiden Körper warfen lange Schatten, als Janne Thaler und Joe Ottakring früh am Samstag aufstiegen. Frau Huber hatte er zu Hause gelassen. In diesem speziellen Fall hätte er sich mit ihr stark eingeschränkt gefühlt.

Ottakring ging voraus. Sie folgten dem schmalen Fußweg, der im Winter als Rodelbahn missbraucht wurde, durch den Hochwald. Der Boden unter ihnen Füßen und rechts und links von ihnen war mit altem Laub übersät.

»Kennen Sie die Höllenschlucht?«

Janne verneinte.

»Wollen Sie sie kennenlernen?«

Die Höllenschlucht trug ihren Namen zu Recht: ein bodenloser Abgrund, in den kein Weg führte und aus dessen Tiefen das heisere Krächzen der Bergdohlen heraufklang. Das Echo hallte quer durch das Hochtal. Am Rand der Schlucht führte ein schmaler Pfad entlang, der auf keiner Karte eingetragen war.

Eine Zeit lang wanderten sie bergauf, vorsichtig, Schritt für Schritt, bis sie zu einer verdorrten Eiche gelangten. Sie stand inmitten eines Brombeergestrüpps, daneben eine kleine terrassenförmige Erhebung mit wildem, moosigem Feuchtgewächs. Ein kaum sichtbarer Pfad führte zu einer mit drei schmalbrüstigen Lärchen bestandenen Anhöhe, in deren Mitte sich ein aus Bruchsteinen gemauertes Kreuz erhob. Von dieser Stelle aus hatte man einen weiten Blick hinunter ins Inntal, das sich im grünen Dunst der umgebenden Berge erstreckte.

»Jetzt reicht's«, beklagte sich Janne mit nahezu tonloser Stimme. »Mir ist leicht schwindelig und schlecht. Gehen wir wieder zum Hauptweg zurück.«

Ottakring fühlte sich fast penetrant an die Wanderung mit Lydia Graumann erinnert, bei der sie am Ende zu Tode kam. Anders hatte er es nicht erwartet, doch die Wirklichkeit übertraf oft die Erwartungen und Befürchtungen.

Sie passierten das Gut Rechenau des verstorbenen Gunter Sachs, überquerten dasselbe Schotterfeld wie damals und stießen schließlich auf den kurvigen Forstweg, breit wie eine Autobahn, der sie zum Brünnsteinhaus bringen würde. Hier gingen sie nebeneinander.

Aus dem Augenwinkel beobachtete Ottakring seine Begleiterin, deren Ähnlichkeit mit Lydia hier am Berg nicht mehr zu leugnen war. Die Gesichtszüge. Die Art, wie sie atmete, wie sie ging und voll Konzentration auf ihren Weg schaute. Wie Lydia! Es war der letzte Beweis, den er noch benötigt hatte.

»Damals haben wir uns an dieser Stelle gegenseitig das Du angeboten«, überlegte er laut.

»Wollen wir das jetzt wieder –?«, sagte sie und sah ihn dabei treuherzig an, bevor sie ihren Fehler bemerkte. Ihr Blick wurde panisch. »Äh, wenn ihr zwei das damals gemacht habt, wollen wir das jetzt auch wieder tun?«, versuchte sie zu verbessern.

Doch Janne saß in der Falle. Ottakring reagierte unverzüglich. »Lydia besaß ein Erbstück ihrer Großmutter, eine altertümliche Brosche. Diesen Schmuck haben auch Sie getragen. Sie duftete manchmal nach Maiglöckchen, wohl ein Parfüm. Sie duften oft ebenso, benutzen das gleiche Parfüm. Sie haben sich am Simssee mit den beiden Graumann-Männern getroffen, die Sie angeblich nicht kennen. Auch Sie besuchen Aarons Grab und sein Geburtshaus, genau wie Lydia.«

Auf ihr Ansinnen, sich wieder zu duzen, war er bewusst nicht eingegangen. Als er sie nun anschaute, hatte sie Tränen in den Augen. Er musste ihr nur mehr den Fangschuss geben.

»Eigentümliche Zufälle, nicht? Mehr typische Gemeinsamkeiten, meinen Sie nicht? Wie erklären Sie sich das?«

War es die Höhenluft, weshalb sich Janne Thaler auf einmal so schwach fühlte, dass sie zusammenbrach? War es der Berg? Oder war es der ständige Druck, die psychische Belastung, die sie schließlich zu Fall brachten? Ihre Tränen hatten sich in einen Sturzbach verwandelt. Janne war in die Hocke gegangen und hatte das Gesicht in die Hände gelegt. Wie aus einer Quelle rann das Wasser herab. Sie schluchzte.

»Wie ist es möglich, dass du so ein Doppelleben geführt hast, Janne? Entschuldige meine Sprunghaftigkeit, ich hab grad so ein massives Ehrlichkeitsbedürfnis, das zermürbt mich regelrecht. Was hat dich dazu gebracht, da mitzumachen? Wer hat dich dazu gebracht, Graumann junior oder senior? Und welches Argument hat dich überzeugt, dich an dem Komplott zu beteiligen?«

Janne sprang auf. Ihre Arme flogen. Die Tränen hingen noch in den Augenwinkeln. Sie wurde laut. »Ach was, Argument! Von wegen Argument. Ich hab Geld gebraucht, so einfach war es, ganz einfach.«

»Und wer hat dich überzeugt? Der Junior oder der Senior?«

Sie verzog angewidert den Mund. »Der Junior natürlich, der Fred.«

Vor Ottakrings innerem Auge spulte sich ein Film ab. Er sah den Tag vor sich, als er Lydia zum ersten Mal durch Rosenheim gefolgt war. Als er sie in dem Café beobachtet hatte. Ihr durchs Mittertor ins Museum gefolgt war. Einen Raum weiter hinter ihr stand, als sie das Bild ihrer Urgroßeltern betrachtete und er sie mit Aaron sprechen hörte, ebenso wie später an der Grabstätte. Er hörte in diesem Moment sogar ihre Stimme.

»Sag doch mal was, Janne!«

Sie waren inzwischen weitergegangen, den steilen Weg hinauf zum Brünnsteinhaus.

»Was soll ich denn sagen?«

Das reichte schon. Es war dieselbe Stimme, der gleiche Tonfall.

»Egal was. Irgendwas. Was dir gerade einfällt.«

»Ich finde, wir bleiben jetzt beim Du. Ich werde weiterhin Joe zu dir sagen.«

Hundertprozentig! Janne hatte Lydias Stimme.

»Dein Doppelspiel ist zu Ende«, stellte er endgültig und sachlich fest.

Bisher waren sie nebeneinanderher gegangen, nun übernahm wieder er die Führung. Beim Überholen blickte er ihr ins Gesicht. Er sah, dass für sie der Zeitpunkt gekommen war, ein volles Geständnis abzulegen.

Sie blieb hinter ihm stehen. »Was sollte ich deiner Meinung nach beichten? Ich kann gut mit meinem Leben leben, so wie es ist«, sagte sie. Sie wirkte jedoch unsicher.

»Willst du nicht lieber reinen Tisch machen?« Er fasste sie am Arm und zog sie weiter. »Gehen wir rauf. Ganz nach oben. Lydia ist tot, sie ist abgestürzt und eindeutig als Lydia identifiziert worden. Wenn du ihre Rolle gespielt hast, muss am Gipfel etwas geschehen sein, und das gehört in mein Ressort: M-o-r-d!« Er sprach das Wort betont langsam und deutlich aus und sah Janne dabei direkt an.

Wieder blieb sie stehen. Sie wich seinem Blick aus.

Er packte sie fest an beiden Armen. »Hallo«, sagte er. »Aufwachen! Jetzt ist der Zeitpunkt gekommen, alles loszuwerden.«

In ihren Augen las er Angst.

»Sag mir, was an jenem Tag passiert ist. Wir zwei, du und ich, sind diesen Weg zusammen hinaufgestiegen. Alles war okay und harmonisch. Du aber hattest schon den Plan im Kopf, für den du das Geld von den Graumanns bekommen solltest.«

Seine Augen blitzten gefährlich. »Wir gehen nicht wieder

nach unten, ehe du mir nicht geschildert hast, wie dieser Plan durchgeführt wurde!«

»Ich werde dir alles berichten«, sagte sie, als sie weiter oben waren, unterhalb des Gipfelplateaus. »Unter einer Bedingung.« Sie sah ihn erwartungsvoll an.

Ottakring hatte keine Lust, irgendwelche Auflagen zu erfüllen. Für ihn war die Sache seit längerer Zeit schon klar, er wollte nur die letzten Details zusammenfügen. Dennoch fragte er: »Und die wäre?«

Sie stellte sich vor ihn hin und zögerte. »Dass du für mich eintrittst, wenn es nötig wird. Mit Mord hab ich nichts zu tun. Ich hatte nur den Auftrag, ein paar Tage lang Lydia zu spielen. Mehr wusste ich vorher nicht.« Sie zuckte mit den Achseln und marschierte weiter, als ob damit alles geklärt wäre. Sie ging nun vor ihm.

»Okay, okay, okay«, gab er betont locker und unbeteiligt zurück. »Und nun zu deinem Teil. Was genau ist passiert?«

Sie ließ ihn nicht länger warten. Während drüben im dunklen Hochwald ein heiserer Vogel ein garstiges Lied ertönen ließ, begann Janne Thaler mit ihrer Schilderung.

»Als wir an jenem Tag beide aufstiegen, du und ich, ich als Lydia Graumann, wartete droben schon der Fred. Es war Glück, dass dich tatsächlich der Schwindel überfiel. Vater Graumann hatte das vorhergesagt. Es muss früher irgendeinen Vorfall gegeben haben, der dir diesen Schwindel eingejagt hat.«

Hans Graumann hatte sich also an den Absturz von Schorschi und Ottakrings Probleme danach erinnert. Und hemmungslos die Information weitergegeben. Das klang alles nach einem perfiden Plan.

»Und wie vorhergesagt bist du unterhalb des Gipfelplateaus stehen geblieben. Dein Hund hätte Schwierigkeiten bereiten können, denn er bewegte sich frei dort oben. Glücklicherweise hast du ihn rechtzeitig zurückgepfiffen.« Gespannt schaute sie Ottakring von der Seite an.

Ottakring konnte sich genau erinnern. Er hatte sich unterhalb der Kante hingekauert, vorsichtig, fast ängstlich darauf bedacht, keinen Blick nach unten erhaschen zu müssen. Frau Huber hatte sich, neugierig wie immer, kurz von ihm gelöst und war nach oben geklettert. Was sie dort erwartet hatte, konnte er nicht wissen. »Und Fred Graumann wartete dort auf dich?«

»Ja. Aber er war nicht allein. Das hatte ich vorher nicht gewusst.«

War Hans Graumann mitgekommen? Nein. Ottakring begann zu ahnen, wie das Spiel weitergegangen war. Ein grausames Spiel, wenn seine Befürchtung ihn nicht trog. »Aha«, gab er zur Antwort. »Wen hatte er bei sich?«

Janne Thaler blieb stehen. Sie war zwei Schritte vor ihm hergegangen, nun drehte sie sich abrupt zu ihm um. »Aber Herr Kriminalkommissar, das sollten Sie schon längst wissen. Oder zumindest ahnen. Überlegen Sie doch. Lydia Graumann ist abgestürzt. Tödlich abgestürzt. Ihre Leiche wurde auch als Lydia Graumann identifiziert. Ich habe Lydia Graumann gespielt, und ich lebe, wie man sieht. Was muss also geschehen sein?«

Ottakring wollte Janne den kleinen Triumph durchaus gönnen. Bloß wollte er es aus ihrem Mund hören, sie sollte eine Aussage machen. »Ihr habt Lydia Graumann auf den Brünnstein geschleppt?«, fragte er überflüssigerweise.

Sie stützte die Arme in die Hüften. »Fred hat das getan. Es war wohl gar nicht so leicht, sie hinaufzutransportieren. Zum Glück gab es ja die Forststraße.«

Die neue Coolness der Janne Thaler entsetzte ihn. Er musste diesem Theater ein Ende bereiten.

»Hat Lydia denn gelebt? Wurde sie bei lebendigem Leib hinabgestürzt?«

Janne schüttelte heftig den Kopf. »Wo denkst du hin? Nein, sie war schon tot, als Fred sie hinuntergestürzt hat.«

»Wie wurde sie getötet, Janne? Und wer hat es getan? Du musst dich jetzt nicht selbst beschuldigen.«

»Nein, das werde ich nicht. Ich habe mit der ganzen Sache nur eines zu tun: Ich sollte dich auf den Berg bringen. Sie wollten einen Zeugen. Wer sie getötet hat und wie, das müsst ihr Bullen selbst rausfinden. Muss doch möglich sein, oder?«

Da hatte Janne Thaler recht. Er musste der Sache noch einmal nachgehen. Oder sie an seinen Nachfolger im Präsidium übergeben, denn eigentlich war dies nicht mehr seine Aufgabe. Einen Wunsch verspürte er allerdings noch, wenn sie schon einmal hier oben waren. Er wollte prüfen, ob die Therapie in Wasserburg nachhaltig gewirkt hatte. Ob ihm schwindelig wurde, wenn er in die Tiefe schaute.

»Komm, lass uns noch nach oben gehen«, schlug er vor.

»Ja, das sollten wir tun.« Erstaunt sah sie ihn an.

Sie stiegen beide die letzten Schritte hinauf.

Ottakring kam die Szenerie noch sehr vertraut vor. Damals hatte er sich abgewandt und war einige Meter weiter unten geblieben. Jetzt stand er oben und hatte einen phantastischen Rundblick.

»Schön hier oben, nicht?« Janne klang entzückt.

Er musste an Lydias Todestag denken. Das vermieste ihm die prachtvolle Aussicht. Doch was ihn glücklich stimmte, war etwas anderes: Er konnte problemlos nach unten schauen. Er war nicht so weit, sich bis an den Abgrund zu wagen, wie Janne das tat. Doch der frühere Schwindel war weit und breit nicht zu erkennen. Gut, dass er Frau Huber diesmal nicht mitgenommen hatte.

Rechts unter ihnen breitete sich wildes Gehölz aus, Latschen, Ginster und wenige Disteln. Darüber ging die Bepflanzung in eine reine Latschengruppe über, die gleichzeitig die obere Baumgrenze darstellte. Über ihnen tobte sich ein

Schwarm Bergdohlen mit gewagten Flugfiguren und gewaltigem Flügelschlag aus. Ihr lautes Krächzen hallte weithin durch die Bergwelt.

Janne stand drüben, vielleicht zehn, zwölf Meter von ihm entfernt, an der Bergkante. Dort, wo Ottakring auch heute noch nicht hätte stehen mögen. Sie war fixiert auf etwas unter ihr. »Schau mal, Joe, da unten.«

Ihm zu zeigen, was genau sie so fesselte, dazu kam es nicht mehr. Eine Dohle hatte sich aus der Gruppe gelöst und schoss wie wild geworden, wie gezielt oder genau berechnet, von oben und hinten auf Janne zu.

»Pass auf, Janne!«, rief Ottakring, doch da hatte der schwarze Vogel sie schon erreicht. Eine Schwinge streifte Jannes Kopf, eine Kralle hatte sich in ihrem Haar verfangen. Wie eine Angriffsszene aus Hitchcocks Film »Die Vögel«.

Janne schrie laut auf, griff sich mit beiden Händen an den Kopf und versuchte, ihr Gleichgewicht zu halten. Doch sie schaffte es nicht. Sie strauchelte, glitt aus, warf die Arme nach oben, rutschte und stürzte mit einem lauten Aufschrei nach vorn in den Abgrund.

Danach tödliche Stille. Selbst die Dohlen schienen zu verstummen.

Wie in Trance löste Ottakring die programmierte 112 aus und verständigte die Leitstelle. Er wusste genau, was nun folgen würde. Hubschrauber, Bergwacht, Rechtsmedizin vor Ort. Und er war wieder dabei gewesen, wie schon bei Lydia! Der zweite Todesfall unter den gleichen Bedingungen. Mit Kriminalrat Ottakring in der gleichen Rolle.

Hatte er womöglich wieder den Staatsanwalt am Hals? Und seine einzige Zeugin war tot?

Er wählte Lolas Nummer. Er musste jetzt mit jemandem reden. Glücklicherweise nahm sie ab. Er schilderte ihr das Geschehen. Was er von Janne über Lydias Tod erfahren hatte, verschwieg er vorläufig.

»Hast du gesehen, wohin die Frau gestürzt ist?«, war ihre erste Frage.

»Nein, dazu müsste ich an den Abgrund gehen, das will ich nicht riskieren. Aber so viel ist sicher: Wer da runterstürzt, ist tot. Und sie ist runtergestürzt. Todsicher!«

Kurze Pause. Lola schien zu überlegen. »Du wirst dich nicht wieder mit dem Staatsanwalt anlegen, Joe! Ich rate dir, sofort Rico Stahl einzuschalten. Es ist seine Sache, sich um diesen Fall zu kümmern.«

Ottakring konnte sich kaum von dem Schock erholen. Er hatte Janne unter Druck gesetzt, mit ihm hier heraufzukommen!

Doch mit kühlerem Kopf überlegt, war es ein tragischer Bergunfall, an dem er nicht beteiligt war. Rico Stahl musste er jedoch dringend von dem, was Janne ihm berichtet hatte, in Kenntnis setzen. Noch auf dem Rückweg vom Brünnstein vereinbarte er einen Termin für ein Gespräch.

***

»Aha!« Rico Stahl schien nicht überrascht, als Ottakring mit seinem Bericht zu Ende war. »Ich habe mir die Unterlagen von Ira Katz eh noch einmal angeschaut. Etwas aus dem Bericht der Rechtsmedizinerin macht mich stutzig. Undeutliche Würgemale wie bei einer Strangulation«, murmelte er.

»Ich bin noch nicht dazu gekommen, nachzufragen. Ich hatte den neuen Kollegen Eberl auf die Sache angesetzt, und der Knabe scheint etwas übersehen zu haben.«

Er blickte auf. »Wenn das stimmt, was dir die Frau am Berg erzählt hat, wäre das der Hammer. Ein gigantischer Fall! Ich werde mich sofort darum kümmern.«

Elf Tage später

Sieben Fragen an Kriminalrat Rico Stahl

Ist der Fall jetzt gelöst?
Der »Fall Graumann« ist gelöst, ja. Verwirrend war die frappierende Ähnlichkeit Janne Thalers mit Lydia Graumann. Wir haben Fotos verglichen – verblüffend. Kein Wunder, dass sich Kollege Ottakring eine Zeit lang täuschen ließ.

Sind Name und Biografie Janne Thalers korrekt?
Ja. Was sie von sich geschildert hat und was uns bekannt ist, das ist Fakt. Sie war tatsächlich Tirolerin, hat ihren Appa verehrt und so weiter. Auch dass die Graumanns sie für ihre Zwecke eingespannt haben, stimmt. Fred lernte Janne kennen und kam wegen ihrer Ähnlichkeit mit seiner Frau auf die Idee, seine Lydia verschwinden zu lassen.

Hans Graumann und sein Sohn Fred Graumann sind also schuldig?
Lydia Graumann wurde erwürgt, kurz bevor sie mit einem Fahrzeug auf den Brünnstein geschafft wurde. Fred Graumann hat nach anfänglichem Leugnen und nach intensiver Befragung gestanden, seine Ehefrau erwürgt zu haben. Sein Vater hat zugegeben, von der Tat gewusst zu haben.

Vorher schon? Als Fred den Mord geplant hatte?
Nein, hinterher. Sein Sohn kam am Morgen zu ihm und hat ihm – wie er sagt, »unter Tränen« – die Tat gestanden. Der Vater hat Fred dann geholfen, die Leiche seiner Frau zu beseitigen. Auf dem Brünnstein. Dort wurde sie sozusagen »entsorgt«.

Ist das für ihn, den Hans Graumann, strafbar? Hätte er die Tat anzeigen müssen?
Stichwort Strafvereitelung, Paragraf 258 StGB. Angehörige sind dabei straffrei, so auch der Vater. Die Staatsanwaltschaft ermittelt dennoch.

Was passiert nun mit Fred Graumann? Und warum hat er seine Frau ermordet?
Die Staatsanwaltschaft ermittelt, ob es Mord oder Totschlag war. Er befindet sich in Untersuchungshaft.
Fred Graumann war schon vor Beginn der Ehe eifersüchtig auf seine Frau. Als er sie jetzt wieder einmal zur Rede stellte, weil er glaubte, einen berechtigten Verdacht zu haben, kam es zu einem heftigen Streit, in dessen Verlauf ihn Lydia ohrfeigte. Das hat Graumann selbst zugegeben. Er geriet außer sich, verlor die Kontrolle und drückte zu. Er wollte sie nicht töten, gab er später an.

Wird denn auch gegen KR Ottakring weiterermittelt?
Nein, diese Ermittlungen sind eingestellt.

Danksagung

Vielen Dank an die, die mich bei der Arbeit an diesem Roman durch ihren fachlichen Rat unterstützt haben:

- Dr. med. Hanns Lohner, Chefarzt der Neurologischen Klinik am RoMed Klinikum Rosenheim,
- Walter Holderle, Fachanwalt für Strafrecht, Kunstmühle Rosenheim.

Hannsdieter Loy

Hannsdieter Loy
ROSEN FÜR EINE LEICHE
Broschur, 208 Seiten
ISBN 978-3-89705-559-9

Zwei Tote werden in einem Ausflugskahn an den Strand des Chiemsees getrieben. Direkt vor die Füße von Kriminalrat a.D. Joe Ottakring, dem früheren Chef der Münchner Mordkommission. Eigentlich wollte Ottakring nichts mehr zu tun haben mit unbekannten Leichen. Er ist genug beschäftigt mit den beiden Frauen, die ihm den Schlaf rauben. Doch der Fall lässt ihn nicht los.

»Ein spannender Krimi, nicht reißerisch oder blutrünstig, sondern eher gemütlich, in dem es dem Autor sichtlich auch darauf ankommt, mit dem Kommissar einen Menschen mit Ecken und Kanten zu entwickeln. Spannende Unterhaltung mit Lokalkolorit.« Bayerischer Rundfunk

HANNSDIETER LOY
Sakramentisch!
OBERBAYERN KRIMI
emons:

Hannsdieter Loy
GRABMOOSALM
Broschur, 240 Seiten
ISBN 978-3-95451-045-0

Auf der düsteren Grabmoosalm tötet die alte Moserin in einem Moment geistiger Umnachtung ihre Tochter. Kriminalrat Joe Ottakring, dessen demente Mutter zusammen mit der Moserin in einem Rosenheimer Wohnstift lebt, geht der Sache nach. Dann geschieht im Seniorenheim ein weiterer Mord. Besteht ein Zusammenhang zwischen den Fällen? Als es Ottakring gelingt, Details aus der Vergangenheit der Moserin aufzudecken, überschlagen sich die Ereignisse, und ein Verwirrspiel um Gut und Böse, Wahrheit und Täuschung beginnt.

»Loys Schreibstil – gespickt mit einfallsreichen Wortspielereien, kreativen Metaphern und Vergleichen – wirkt von der ersten Seite an gereift, ja noch ausgeklügelter und geistvoller denn je. Ihm gelingt die Gratwanderung zwischen ausladendem Bilderreichtum und zielgerichteter Direktheit ohne verblümte Umschweife, dafür aber mit der rechten Portion schwarzem Humor.« OVB online

www.emons-verlag.de

Hannsdieter Loy

JENSEITS DER ALPEN

Broschur, 208 Seiten

ISBN 978-3-95451-164-8

Selma flieht vor ihrem gewalttätigen Ehemann aus Italien und lernt den deutschen Lkw-Fahrer Thorsten kennen. Sie ahnt nicht, dass ihr Schicksal damit besiegelt ist, denn Thorsten ist nicht nur ein notorischer Fremdgänger – sondern auch ein notorischer Mörder. Das kaltblütige Verbrechen verursacht der Soko Rosenheim mit Joe Ottakring an der Spitze gewaltiges Kopfzerbrechen, und ein tödlicher Wettlauf gegen die Zeit beginnt …

»Nichts für schwache Nerven, aber bester Lesestoff für eingefleischte Krimi-Fans.« Oberbayerisches Volksblatt

»Wieder ein starker und harter Kriminalroman, dessen häufige Wendungen die Spannung zusätzlich verstärken. Trotzdem blitzt immer wieder der Humor auf, den man bei diesem Autor so schätzt.« Rosenheimer Journal

www.emons-verlag.de

Hannsdieter Loy
FRIEDHOFGASSE 13
Broschur, 192 Seiten
ISBN 978-3-95451-463-2

Tilman Schilling, ein zurückgezogen lebender Autist, und Joe Ottakring, pensionierter Kriminalrat, sind Nachbarn in der Friedhofgasse. Das erweist sich als Vorteil, als Tilman einen bizarren Mord im Haus gegenüber zu beobachten glaubt. Ottakring zieht Erkundigungen ein – bei den Rosenheimer Kollegen Toledo und Stahl und bei den illustren Dorfbewohnern. Ein Katz-und-Maus-Spiel beginnt, bei dem auch Tilman in tödliche Gefahr gerät ...

»Loys schräger, nicht unblutiger Oberbayern-Krimi ist mit ironischem Unterton erzählt. Unterhaltsame Krimikost mit viel Lokalkolorit.« ekz

www.emons-verlag.de